后浪

光 之 领 地

[日]津岛佑子 著

王燕 译

贵州出版集团

贵州人民出版社

HIKARI NO RYOBUN Copyright © Yuko Tsushima 1979, 1993

Chinese translation rights in simplified characters arranged with the Estate of Yuko Tsushima through Japan UNI Agency, Inc., Tokyo

本书中文简体版版权归属于银杏树下(上海)图书有限责任公司

著作权合同登记号　图字:22-2023-028

图书在版编目(CIP)数据

光之领地 / (日) 津岛佑子著 ; 王燕译. -- 贵阳 :
贵州人民出版社, 2023.9

ISBN 978-7-221-17741-4

Ⅰ.①光… Ⅱ.①津… ②王… Ⅲ.①长篇小说—日
本—现代 Ⅳ.①I313.45

中国国家版本馆CIP数据核字(2023)第140740号

GUANG ZHI LINGDI

光之领地

[日] 津岛佑子　著

王　燕　译

出 版 人	朱文迅
选题策划	后浪出版公司
出版统筹	吴兴元
编辑统筹	尚　飞
策划编辑	苏　轼　陈怡萍
责任编辑	黄　伟
特约编辑	陈怡萍
装帧设计	墨白空间·李　易
责任印制	尹晓蓓
出版发行	贵州出版集团　贵州人民出版社
地　　址	贵阳市观山湖区会展东路SOHO办公区A座
印　　刷	河北中科印刷科技发展有限公司
经　　销	全国新华书店
版　　次	2023年9月第1版
印　　次	2023年9月第1次印刷
开　　本	889毫米×1194毫米 1/32
印　　张	6.25
字　　数	110千字
书　　号	ISBN 978-7-221-17741-4
定　　价	68.00元

读者服务:reader@hinabook.com 188-1142-1266
投稿服务:onebook@hinabook.com 133-6631-2326
直销服务:buy@hinabook.com 133-6657-3072
官方微博:@后浪图书

贵州人民出版社微信

目 录

光之领地

这是一间四面都有窗户的屋子。

屋子位于一幢老旧的四层楼房的顶层。在这里，我带着幼小的女儿生活了一年。除了四楼的这间屋子，我们母女还可以独享楼顶的平台。一楼是一家卖相机的商铺，二楼和三楼分别隔成了两部分，租给了一家私营店铺、一家会计师事务所和一家手工编织培训机构。那家私营店铺只有夫妇二人，做的是金饰品生意。他们应顾客的要求，把纯金制的徽章镶到盾牌或带框装饰画之类的物品上。只有三楼对着大街的那间屋子，在我入住的那一年里一直空着。有时，女儿夜里睡着后，我会悄悄地走进那间屋子，把窗户打开一条缝，从那条缝里眺望有别于四楼的风景，或者在空荡荡的屋子里踱步，那感觉就像身处无人知晓的密室。

听说在我搬来之前，这幢楼的房东一直住在四楼。这让我茅塞顿开，明白了很多事情。我知道为什么只能从四楼的屋子上到楼顶了；楼顶上修的那间宽敞浴室用着倒是挺不错的，我也知道了为什么楼顶的水塔和电视天线的日常管理顺理成章地成了我的事；我还知道为什么夜深人静时，等事务所的人都下班回家了，我必须下到一楼去摇下楼梯口的那道卷帘门。明白了这些以后，自然也就知道了对于住在四楼的我来说，哪些是自己的分内之事。

这幢四层楼房挂牌出售时，当地有位姓藤野的知名女实业家把它买了下来。我是它更名为"第三藤野楼"后的第一个租户。对专门做房产生意的房东来说，这是她第一次接手有出租住屋的楼房。因房屋老旧，结构也不同于一般的住宅楼，所以房东很担心屋子租不出去，便把租金定得很低，想先试探一下市场行情。这么偶然的好机会让我碰上了。更巧的是，当时还是我丈夫的那个男人和房东一样，都姓藤野。结果，人们一直误以为住在四楼的我就是房东。

楼梯又窄又陡，爬到顶就是进屋的那扇铝门，铝门对着的是通往逃生楼梯的铁门。由于门前非常狭窄，进屋的时候，必须从楼梯上往下退一个台阶，或者踩在逃生楼梯的踏板上开门。说是逃生楼梯，其实就是一个与地面垂直、被固定在墙上的铁梯子罢了。要是真有什么突发状况，与其爬那个梯子逃生，抱着女儿滚下楼梯获救的可能性或许更大些。

然而，只要打开房门，白天房间里都充满了光亮。进门就是开放式厨房，地上铺着红色的地板，那红色使屋子越发显得明亮。眼睛习惯了阴暗的楼梯，在进屋的那一瞬间不得不眯起来。

"哇，好暖和呀！真漂亮啊！"

第一次沐浴在这间屋子的阳光下，女儿脱口喊道。她很快就要满三岁了。

"真的很暖和呢。太阳公公，真好啊！"

听我这么说，满屋子撒欢的女儿颇为得意地说："是啊！妈妈才知道呀？"

阳光，那么充足，让我得以很好地保护了女儿，使她没有因环境的改变而受到影响。我真想拍拍自己的头，自我表扬一下。

紧挨着门口的是一个不足四平方米的小房间，像是储物间。因窗户朝东，清晨的霞光可以射入室内，我将它用作卧室。从这扇窗户望出去，映入眼帘的是密密麻麻的住宅中晾晒衣服的地方，还有比"第三藤野楼"更矮小的建筑物的楼顶。这一带是国有铁路的站前商业街，没有一幢带院子的房子。晾晒衣服的地方和楼顶上全部摆满了花盆，有的地方还放着折叠式躺椅，从高处望去，经常能看到穿着浴衣的老人躺在上面，一副悠闲自得的样子。

朝南的窗户，除了这个小房间之外，与它并排的开放式厨房和另外一个十平方米左右的房间也各有一扇。窗外，越过一处老旧平房的屋顶，可以俯瞰到一条街道，酒吧、烤串店鳞次栉比。街道不宽，车流量却很大，总能听到此起彼伏的警笛声。

西侧，也就是这间狭长屋子的尽头，有一扇对着公交车道的大窗户，夕阳和噪声总是不由分说地涌进屋里来。窗下晃动着人行道上的黑脑袋，清晨，由那些黑脑袋汇成的人群流进车站，傍晚时分又流出车站。另一侧的人行道上，可以看见站在花店前的公交车站等车的人。每当有公交车和卡车经过，四楼的屋子就会晃动起来，震得橱柜里的餐具叮当作响。如果把三岔路和南边的小巷都算上的话，我和女儿搬入的这幢楼可以说正对着一个十字路口。不过，每天总会有那么几次十秒钟左右的寂静，这份寂静是由红灯以及被红灯拦下的车流营造出来的。只是，几乎是在你意识到那份寂静的同时，信号灯就变了，马上会传来风驰电掣般冲过路口的引擎声。那些等候绿灯的车子，总是那么迫不及待。

透过西侧的窗户，可以看见左手边有一大片日式庭院，绿荫环抱，据说那是昔日一位领主的宅邸。虽说只能看到树林的一角，但对我来说，那是一种非同寻常的绿。那抹绿，总会吸引住站在窗前的我。

"那片树林吗？那是布洛涅森林。"

每当家里来客人问起那片树林，我总是这么回答。布洛涅森林是位于巴黎郊外的一片森林，我只知其名。什么"不来梅"啦、什么"佛兰德"啦，就像记童话故事的标题一样记住的森林名字，哪怕只是开玩笑地随口一说，心情也会莫名雀跃起来。

开放式厨房的北侧，依次是储物间、洗手间和通往楼顶的楼梯。洗手间里也有窗户，隔窗能看见车站和电车。女儿很喜欢那扇小窗。

"我家能看见巴士和电车哟，还会摇起来的哦。"

她已经在向幼儿园的老师和小朋友们炫耀了。可刚搬完家没多久，女儿就发烧了，躺了一个多星期。我去图书馆上班时，就把女儿托付给住得很近的独居母亲。我的工作是在广播电视台的工作室里，要么整理节目资料和用过的磁带，要么是给别人办理凭卡借阅手续。每天一下班，我就赶去母亲家，陪女儿待到晚上九点多，再一个人回到住处。如果联系丈夫，他肯定也能帮我，但我宁愿麻烦母亲也不想求他。不，是我不想让他涉足我的新生活，哪怕一步。连我自己都感到惊讶，对丈夫再次靠近自己这件事，我是如此恐惧。我害怕自己依赖丈夫。

丈夫劝过我好几次，让我回母亲家住。他说母亲也是一个人，肯定很寂寞，还说我一个人带孩子不容易，要是能和母亲同住，他就可以放心地和我分开了。

丈夫早已在私营铁路沿线找好了新的住所，准备等那房子一个月后空出来了，就搬进去。

我还无从考虑自己的归宿，对丈夫做出的决定也没能完全接受。总觉得没准第二天一觉醒来，就能听见丈夫的笑声："我那是开玩笑呢。"那我又何苦为搬家费神呢？

我告诉他，我不想回母亲家，这事没得商量，我可不想用回娘家的做法来掩盖丈夫不在自己身边的事实。

于是丈夫说："那我和你一起找房子吧。你一个人很容易上当受骗。要是住到了奇奇怪怪的地方，会害得我夜里也睡不踏实，所以找房子的事就包在我身上好了。"

一月底的那几天，风和日丽。我和丈夫开始转房屋中介了。我只需默默地跟在丈夫身后就行。一到午休时分，我们先在我单位附近的小吃店碰头，饭后就在那周围转悠。

丈夫给出的租房条件是，两居室，采光好，带浴室，房租在三四万日元。可这样的条件，在第一天去的那家房屋中介就被人笑话了："那样的房子，现在怎么也得六七万日元哦。"

"其实是她和孩子住。要是我的话，住什么样的房子都无所谓。但是我想让她们尽量住得舒服一点儿……您这儿没有吗？"

丈夫回头看了我一眼，跟房屋中介解释说。

第二天，丈夫与这家房屋中介的对话，在另一家房屋中介又重复了一遍。我忍不住小声对丈夫说："浴室没有也没关系，一居室也行。"然后就直接问房屋中介："一室一厅，租金三四万的房子，你们这里有吧？"

"那倒是有……"

房屋中介一边回答我，一边顺手翻看房源登记簿。这时，丈夫就像训斥孩子那样冲着我说："你又来了，总是立刻放弃，那怎么行？即使是现在付不起的房租，住着住着也就付得起了，可房子不能自己改造啊……这样吧，五六万的房子，总可以吧？"

房屋中介打包票说，五万以上包括六万日元左右的，倒是可以介绍几套或许能让我们中意的房子。丈夫催促中介："那就赶紧带我们去看看吧。"连他自己租房子的押金都是跟我借的，可见他的经济状况已经窘迫到了什么程度。对这样的丈夫，自然无法指望他分居后还能给我生活费。丈夫跟我说，我们分居是他摆脱窘境唯一的办法，他要抛弃一切，单枪匹马地重新开始。既然如此，我也不想再跟母亲要钱，打算用自己的收入打理一切。这样一来，五万日元就是我付得起的房租上限了。之前和丈夫一起住的房子，房租也是五万日元。我约莫着只要不再负担丈夫的生活费，也就不用借钱过日子了。但这想法还是过于勉强了，毕竟五万日元这个金额已经占去我工资的一大半。

有一天，房屋中介带我们去看了一处六万日元租金的公寓。房子无可挑剔，离我上班的地方也近，但我没点头。

我们每天都在看各式各样的空房。有一处带院子的七万日元的公寓，可是不租给带小孩的人。丈夫跟房东再三解释，说就一个女孩，而且白天都待在幼儿园，可房东就是不同意。

渐渐地，我们看的房子档次升了上去。哪怕是听到与我工资持平的房租，我也没什么感觉了，既没感到不安，也不觉得可笑。即使是压根就租不起的房子，丈夫和我仍旧兴致勃勃地跟着中介看来看去。两个人谁都不认为自己是要租房的当事人。丈夫是在陪我看房，我也是在陪丈夫看房。

"今天还去看房吗？"

这句问话也成了早晨的习惯。只要天气好，午休时间就总是很匆忙。而一月和二月这两个月，又都是连日的好天气。

有一处房子的大门旁种着棵柏树。登上门前的五级石阶，就能看见涂着淡蓝色油漆的房门。那棵柏树就长在石阶与房门之间不足一米的地方。树枝遮蔽着和房门涂同样颜色的飘窗。

"这房子挺不错的嘛。"

丈夫显得很兴奋。

"可是，我不喜欢那棵树。要是棵玉兰树或樱花树就好了。"

"柏树可比那些树高级多了。"

这是一幢二层楼房。一楼除了带飘窗的西式房间，还有一间很暗的十平方米左右的房间和厨房兼餐厅。二楼有两个敞亮的和式房间和一处露台。我和丈夫看到那露台时，高兴得都有点儿忘乎所以了。我们刻意回避着中介谈笑起来。

"要是住这儿的话，你的朋友也会很高兴来玩儿吧。"

"能留好几个人过夜呢……"

"孩子也有玩儿的地方，我来也方便……不错不错，我都想租这房子了。在那个窗边放张桌子……"

"书架可以靠那面墙放。"

"是啊……我说，让我做你的房客吧，房钱我会照付的。"

"好啊，不过房钱可不便宜哦。"

我俩的笑声响彻在空荡荡的屋子里，中介也硬挤出个应景的笑脸。

我不得不再次意识到，我这个人不可能过那种只有母女二人的生活。要是能和丈夫生活在一起，住哪儿都无所谓，要是丈夫不在，住哪儿都会感到不安。

那天，回到图书馆后，我想象了一番自己住在那幢二层楼里的生活。"你就租下吧，不用担心房租，可以跟你家里要嘛。"丈夫兴高采烈地留下这么一句话就不见了踪影。在那个有飘窗的房间里放台音响，可以在那儿吃饭、休息。楼下那个十平方米的房间有点儿暗，可以用作卧室。二楼嘛，在孩子还小的时候，可以当客房空着。不，还是在宽敞明亮的二楼起居更舒服些。且不说丈夫了，谁会来玩儿呢？离单位那么近，要是我主动邀请的话，同事一定会来玩儿吧……

正想着呢，外地的高中老师来借诗朗诵的磁带，说是要当教材用。我心不在焉地把那个系列的磁带一盘一盘地拿出来，放到收录机里。为了确保无误，在借出磁带前，通常要让借磁带的人试听一部分内容。

不知为什么，那段话突然传入耳中。

> ……停止所有的思量，
> 让我们勇往直前地共赴俗世吧，
> 我要斗胆奉告，做冥想的家伙，
> 就像被恶魔附体团团转的动物，
> 游荡在枯萎的荒原上，
> 却不知四周就是美丽的绿色牧场。……

"什么呀？这是……"

我很惊讶，原来这也是诗中的一段，于是问眼前的高中老师。老师好像误以为我是在问他听到了窗外的什么声音，他望向窗外，微笑着歪了下头。

丈夫那天晚上和第二天晚上都没回来，也许他以为我已经决定搬家了。

我开始一个人转中介。我还是第一次一个人走进房屋中介。

磁带里的声音让我回忆起四年前的那次搬家，十分突如其来的回忆。

当时，丈夫还是个学生。我在图书馆的工作也刚刚开始。我们分住在不同的公寓，丈夫隔一天会来我的住处过夜。有一天，丈夫打电话到图书馆，告诉我房子找好了。说是新房，很安静，采光也好，别提多棒了。还说想定在周日搬家，问我行不行。

"咱们得找个两个人住的房子。"这话是他前一天晚上刚刚说过的。

"真够快的，已经定了吗？"我虽然吃惊，但也很高兴不费吹灰之力就把搬家这事定下来，完全没有"自己住的地方，还是想自己选"这种念头，反倒很享受被一个男人硬拽着往前走的感觉。为了随时可以留丈夫过夜，我从家里搬了出来。当时住的房子也是丈夫找的，是丈夫的朋友住过的学生公寓。但是，丈夫并没有专情于我。

那时也是只管按丈夫吩咐的去做就好。周六晚上开始打包，周日早晨等着那辆先去了丈夫住处的车来接我。说是行李，其实我的行李很少，转眼就装完了车。一钻进车厢，车就出发了。我抱着一包唱片，丈夫抱了个装换洗衣服的纸袋。

三十分钟后，到了目的地。那处公寓位于一个住宅区一条死胡同的尽头。

"是这儿啊！"

我欢声叫道。那时我才第一次看到自己的房间。

直到怀孕前的一年半时间里，我们一直都住在那里。

迄今为止，我还从没给自己找过房子。第一次意识到这一点，有点儿不可思议，但事实确实如此。

我开始一个人用心地在女儿入托的幼儿园周围找起房子来。不知不觉中过去了一个月。由于自己定的租金太低，和跟丈夫一起找房子的时候不同，中介带我去看的房子条件都很差，虽然知道这也是没办法的事，但我还是被吓着了好几次。又暗又窄的房子看得越多，丈夫的身影在我的视野里就越发模糊。房间昏暗点儿倒没什么，可我在那些昏暗的房子里感受到了类似动物眼睛发出的光，那种回瞪着我的目光。尽管很可怕，我却很想靠近它。

听说有一处漂亮的两居室公寓，房租只要三万日元，我半信半疑地去看了。怎么看都是很普通的公寓。

"可是很奇怪呀，为什么那么便宜呢？"

房屋中介说反正早晚也会知道的，不情愿地跟我道出了实情。

"有一家人死在了这间公寓里。因为是煤气中毒，也不是什么不好收拾的死法。好像是因为离婚纠纷导致一家人同归于尽，这事还登了报纸。要只是这事也就罢了，可是后来住进来的那家女主人，又在这儿上吊了……对，是上吊。也不知是因为什么。这下可惨了，都快过去一年了，这房子还空着。"

"是这样啊……也许是连锁反应吧。以为自己能镇住那些亡灵就搬了进来，结果……"

我强忍着想尽快逃离的冲动，回了中介一句。

"是啊，即使换了榻榻米、重新粉刷了墙壁，可煤气开关的位置是改不了的啊。您看，就是那个开关。"

中介指了一下那个和式房间的一个角落。眼前的榻榻米上，就在那个煤气开关附近，浮现出重叠着倒在一起的死尸。

"那个上吊的人是因为摆脱不了看见尸体的幻觉吧……"

"说有神经衰弱，是一位刚从外地来东京不久的太太……"

我说了句"让我再考虑考虑"，便逃了出来。中介说不急，反正也不会很快就有人入住的。可是，我还是没有战胜死人的自信。

几天后的一个傍晚，另一家中介带我去看了一幢窄高的楼房。从楼下向上看去，那楼梯陡得让人望而却步。可是在打开房门、跨入房间的那一瞬间，我不禁在心里喊了一声"这就是我要找的房子"。夕阳中的红色地板宛如燃烧着的火海，门窗紧闭的房间里红光四溢。

搬家的劳顿使女儿病了一场。等病好了又到了上幼儿园的时候，樱花已经开了。我教女儿唱樱花之歌，还教她唱羔羊之歌和乌鸦之歌。回荡在浴室的歌声令人心情愉悦，在楼顶放歌时更觉神清气爽，连自己都感慨怎么会唱得那么好听。我买了本童谣集，和着女儿鼓掌的拍子唱给她听，"停止所有的思量"，耳边又响起从磁带里听来的这句话。

"再来一个，bravo（好哇），bravo！"女儿用她从绘本里学来的话，兴高采烈地为我喝彩，喊得眼泪都出来了。

我不清楚丈夫搬去了哪里，他只给了我他新找的打工店的电话号码。以前有人告诉过我，丈夫新交往的女人是那家餐厅的老板，据说年龄跟我婆婆差不多。我能理解，对丈夫来说，也许他身边需要一个那样的女人。丈夫曾想和朋友一起建小剧场，结果剧场没建成，反倒欠下一屁股的债。

丈夫对我一个人找好了房子这事感到不快，他带着不满一个人先搬走了。而我从一开始就没打算让丈夫进我的新家。

丈夫总有一天会来的吧。我很害怕那一天的到来，同时也意识到，自己无论如何也不会再有和丈夫破镜重圆的想法了。我曾是那么不想离开他，我为自己的变化感到不可思议。不管怎么说，我已经回不到过去了。

"停止所有的思量……勇往直前地跑起来吧。"

我这样对自己说。女儿还没有发现她的父亲早已经不见了踪影。

"……到了夏天，我们在楼顶放个泳池。那儿能放一个很大的泳池哦。"

哄女儿睡觉时，我对她说。

"咱们再放个蹦蹦床。我还想喝啤酒呢。就像露天酒馆那样，挂上好多好多小灯泡，一定很漂亮。还有，再种上好多花，向日葵啦，大丽花啦，美人蕉什么的。再养只兔子，天竺鼠也很可爱哦。哪怕是再大点儿的动物，咱们也能养。索性养只山羊也不错，还想养只鸡。对了，可以建个牧场。牛'哞'地一叫，左邻右舍的人们都会吓一跳吧……"

女儿把眼睛睁得大大的，紧盯着我的嘴角。我抚摸了一下女儿的脑袋。

不到四平方米的卧室，窄得就像睡在壁橱里，但很舒服。

水　边

夜里，从墙的另一侧传来了流水声。我躺在四楼的房间里，眺望着雨中被街灯和霓虹灯映照得五颜六色的楼房外墙。那流水声微弱而轻快。是从什么时候开始响起的呢？好像我躺下之前就在响，又像是刚睡醒时产生的错觉。

早晨，一打开窗户，耀眼的阳光和车流轰鸣的马达声倾泻而入，天空湛蓝湛蓝的。街上连背阴处都被晒干透了。

我为今天也是个大晴天感到心满意足，去叫醒了还没起床的女儿。夜里下的雨消失到哪里去了，为什么连个小水洼也没留下，我一点儿都不奇怪。雨，一定是在像自己的手触及不到的后背那样的地方继续下着，只真切地留下了遥远的水声的感触，那感触却也不完全像是梦境。

要不是楼下的人开始吵吵闹闹，那天夜里，我一定还会听到同样的水声，第二天早晨也还会有同样的感触。然后，将它淡忘。

早餐的面包刚进嘴，便响起了敲门声。这么早，会是谁呢？

我非常防备地开了门。门外是一个四五十岁男人的胖脸，一时想不起来在哪儿见过。我有点儿沮丧，因为不是分居了一个多月一直都没见面的藤野。

"你弄的水吧？"

那人边焦躁地往屋里窥视边问我。女儿站在男人面前，仰着头好奇地看着我和那个男人。

"水！是你洒的水，还是哪里的水溢出来了？是你干的吧？赶紧想想办法，我们下面都乱套了。"

我终于反应过来，这个男人是下面事务所的人，于是连忙打了声招呼，回答他：

"怎么回事？可是我什么也没做呀。"

"那为什么水会不停地流到下面来呢？肯定是你家什么地方的水溢出来了。你要是还不知道，就赶紧找找看到底是哪里漏水了吧。"

这个人是加工纯金徽章那家店铺的老板。实际上，产品也许并不是在下面那间狭窄的事务所制作的，不过，发货用的纸箱总是堆在大敞四开的门口。我有几次看见这个男人从房间里往外搬纸箱，或是拿着账本核对纸箱里的货物。也不知是工作本身就很辛苦，还是他生性喜欢操劳，这个男人常常是早上八点左右就来到事务所，夜里总要待到快十二点。对我来说，是个挺闹心的人，因为我得去升降楼梯口的那扇卷帘门。他应该也觉得很不方便吧。因为只要我早上睡懒觉，他就不得不在卷帘门前等我开门，到了深夜他要走的时候，还得隔着门喊我一声。在他搬来两个月后，房东破例给了这个男人一把卷帘门的钥匙，这也让我感觉轻松了很多。

这个男人的妻子是店铺唯一的员工，大概她总是不得不跟丈夫一起忙到深夜。可我几乎没怎么看到过她的正脸。经常看到她丈夫在门口忙着与纸箱打交道，而坐在屋内办公桌前的自然就是妻子了。她总是系着一条围裙，一副在厨房里刷锅的打扮。

男人坚持说漏水的原因肯定在四楼的什么地方。虽然我有点儿担心上班会迟到，但还是把厨房的水龙头、洗衣机、洗手间，包括屋顶的浴室，凡是跟用水有关的地方都看了一遍，顺便也看了看那个十平方米左右的房间。可是一滴水也没看到。

"好像问题不是出在我这儿。"

我把这话甩给那男人之后，看到女儿比平时兴奋，早餐还一口没动，就训斥她：

"咱们得出门了，赶紧把那牛奶喝了。你又要惹老师生气了哦。"

那男人退下两级楼梯，瞪着我说：

"你这是说的什么话呀？那这处积水是怎么回事？就这儿，快看，自己不出来怎么能看见呢？"

我只好穿着拖鞋来到屋外。那男人粗暴地关上门，指了指脚下的楼梯平台。果然，那儿有一小摊积水。我仰头看了下天花板，发现墙角有块漏水的痕迹。同样的水痕我在房间里的天花板上也看到过。中介当时告诉我，以前这房子漏雨漏得厉害，但屋顶补漏工程做得很彻底。所以我以为那水痕是补漏工程前留下的。

"……我也不太清楚，没想到会积这么多水……"

这时，屋里传来女儿的哭声，我正要去开门，那个男人一把抓住我的胳膊说：

"水就是从你们这层漏下去的。这下可好，把我妻子给累惨了。谁会想到早上一进门，所有文件都被水泡了啊。你还是来看一下吧，看了就知道了。"

女儿的哭声更大了。我顾不上那男人，退下楼梯用力去开房门。男人见状，慌忙从狭窄的楼梯平台再退下一级。

我抱起哭得浑身发烫的女儿，对那男人说：

"漏水的原因肯定不在我的房间里，你能不能再去别处找找原因？我得去公司了，你要是还有别的事，咱们晚上再说吧，我六点回来。"

没等那男人回话，我就把门从里面关上了。那人没再说什么，下楼去了。已经到了出门的时间。我用湿毛巾擦了擦女儿紧贴在我肩膀上那涨红的脸，断了吃早餐的念头，急急忙忙地出了门。担心再被那男人叫住，蹑手蹑脚地下了楼。事务所的门敞着，也许是在泄愤，屋里传出他斥责妻子的污言秽语。

三楼漏水这事，我几乎就没当回事。害得女儿连早饭也没吃上，要是平时，她会挥着小手高兴地跟我道别，可那天进了幼儿园，我每走近老师一步，女儿都哭得撕心裂肺的，浑身颤抖着紧紧地抱住我。最后，不得不让两位老师一起硬把她领进屋去了。我上班也迟到了。比起漏水的事，更让我恼火的是，好好的一个早晨被这件多余的事搅得乱七八糟。有再大的事，也不该跑到人家家里那么嚷嚷吧。我觉得那个男人做得实在是过分，可恨至极，早把夜里听到的那微弱的流水声忘得一干二净了。

那天中午，和往常一样，我和上司小林在图书馆面对面坐着，吃面包加牛奶的午餐。这时，丈夫藤野打来了电话。"找你的。"接了电话的小林若无其事地把话筒递给我。我说了声"不好意思"，接过话筒贴到耳边。话筒里传来藤野那再熟悉不过的、让我怀念的声音。但在感到"怀念"的那一瞬间，一股异样的愤怒也接踵而至。我想过，要是藤野跟我联系了，我不会因为女儿的存在使我俩的关系复杂化，我要云淡风轻地和他聊彼此的近况。至于为什么到最后是我提出来要跟他分手，当然连我自己也还没搞清楚自己的感情变化，但会试着寻找恰当的语言来解释。可是，真接到藤野的电话了，我却连像平时那样说话的声音都发不出来了。

我有点儿在意小林会听见。四年前，我也从小林的手里接过一次藤野打来的电话。那时候，我俩刚刚开始同居，还没办结婚手续。忘记是什么内容的电话了，大概是商量晚上在哪儿碰头一起去外面吃饭的事。当时，还是学生的藤野领着大学的奖学金，同时拿着父母给的生活费，所以那是我们四年的二人生活中经济最宽裕的一段时间，经常在外面吃饭。我对不用操心柴米油盐的新生活也很满足。那时和藤野通电话，并没太在意小林是否听见。

可是，当我放下话筒时，小林抬头对我说了一句：

"要是能快点儿安顿下来就好了吧。"

我吃了一惊，脸有点儿发烫。一直以为埋头于整理资料和看书的小林，是个对自己助手的私生活漠不关心的老年人。这么说，迄今为止的通话，也都入了小林的耳朵？虽然我没跟他说过与藤野生活在一起了，但小林肯定什么都知道。现在一想，那也是再自然不过的事情，可在这之前，对于上司的这份牵挂，我竟浑然不觉。

"如果总是勉强自己会很累的，特别是你们女人……要善待自己哦。"

我不知所措地点了点头。

小林以前在广播电视台做过播音员。我很奇怪，就他那副沙哑的嗓音怎么会？好像是受私生活方面什么事的影响，在做了近二十年的播音员之后，他开始辗转于台里的各个部门，最终被放在了作为分支部门新设的图书馆。这个六十多岁、态度冷淡又无精打采的老男人，却被电视台里的年轻人亲昵地称为"隐居先生"，喜欢和他一起消磨时间的人也不在少数。人们故意说些他不爱听的话，惹他板起面孔后又取笑他。从他们之间的对话可以听出来，小林过的是单身生活。

被小林那么说过一次以后，我一方面很受用他对我的关心，另一方面又不愿接受他的同情，这让我在他面前的笑脸多了起来。小林也常常在我当班的时候，约我出去喝咖啡，下班后带我去他存酒的酒吧喝酒。他跟我说："你随时可以来这家酒吧。即便是女人，酒这玩意儿也得是想喝就喝的。"话虽如此，我也不可能和藤野去那家酒吧，所以除了跟小林一起去，我一个人没去过。跟小林并没有什么可以畅聊的话题，所以对我来说，小林对我的好反倒成了我的负担。无论去哪儿，无论喝多少酒，小林总是板着脸，没再打听过我的私生活，我们说的都是些跟工作和书有关的话题。喝完酒他把我送到车站后，又会去另一条街别的酒吧接着喝。小林爱喝酒是出了名的。

我觉得小林约我是出于对我的关心，以至于我在和藤野正式成为夫妻的时候，最先想告诉的人不是母亲，而是小林。因赴小林的约而回家晚了的时候，藤野就会责备我："你是在愚弄我吧？"被他那么一说，我又觉得委屈，甚至有点儿记恨小林，怀疑他对我不怀好意。即便如此，我还是坚信我和藤野结婚，比谁都为我高兴的一定是小林。

当我告诉小林自己已经结婚，向他鞠躬感谢他一直以来的费心时，他苦笑着嘟囔了一句："跟我没关系呀。"小林的反应仅此而已，可我有一种得到了他的祝福的感觉，笑着又鞠上一躬。

后来，我怀孕了，没再跟小林去过酒吧。我们习惯了在午休的时候，我除了自己吃的，也买来小林吃的面包和牛奶，两个人面对面地享用午餐。有时用我带来的手提式收音机听听音乐，或者用图书馆的磁带听听小林喜欢的老节目。有时会有带着盒饭来图书馆的人和我们共进午餐。女儿出生后，午餐时我也不管小林爱不爱听，经常给他讲婴儿有多可爱、多有趣，还给他看女儿的照片，也曾得意地告诉小林藤野留校工作了，絮絮叨叨地给他讲解藤野想作为终身事业来做的"新电影"。那次，小林也只是听到最后才说了句："他要是能把自己的孩子拍成电影就好了。"

就是这样的小林，不可能没有察觉到从一年前开始，我的话慢慢少了，表情也开始变了。难得的午休时间，因为我要跑房屋中介，也不在馆里吃饭了，这更容易让小林察觉到我的生活发生了变化。尽管如此，在告诉小林搬家的事时，我也没说我和藤野的现状。想起自己当初在他面前那副得意的样子，感到有点儿无地自容。

接过话筒的那一瞬间，我在心里埋怨藤野："怎么又往这儿打电话呀！"小林就在旁边听着，我该怎么回藤野的话呢。我告诉过自己，有话好好地跟藤野说，万一能破镜重圆，没有比那更好的了。可此时此刻，我却惊慌失措地竖起神经谴责起藤野来。现在可不是讲电话的时候，这样会功亏一篑的，他为什么要这么做呀？

"好久没见了。还好吗？女儿怎么样？新房子住着舒服吗？咱们是不是该见个面了？欸，你怎么不吭声？旁边有人是吗？哦，那就不勉强了。不过，总能说点儿能说的吧？这可是你丈夫的电话，即使被问起是谁打来的，也没有什么不好说的吧？你有没有在听啊？至少也'嗯'一声嘛，连'嗯'都懒得说吗？"

我充耳不闻地听藤野说了这么一通，压低嗓音冷冷地问：

"你到底有什么事？"

"哎……我说你怎么能这么说话呢？没事儿就不能打电话了吗？"

"是的。再见……"

我把电话挂了。我没敢看小林，低头大口吃面包，最后喝牛奶的时候，抬起眼皮瞥了小林一眼，只见他一只手拿着汉堡，正在看早报。也许是出于对我工作单位的顾虑，藤野没再打电话把我叫出去。我能想象藤野会气成什么样，不禁为自己刚才的行为感到愕然，后悔起来。两腿在抖，喉咙深处疼得厉害。导致功亏一篑的不是藤野，是我。我意识到一切都已经无法挽回了。

我把装牛奶和面包的纸袋拧成一团站起身来，小林对我说：

"不好意思，能给我来杯茶吗？今天嗓子有点儿发干。"

我终于抬起头来，尽可能地打起精神回了一句"好的"。

我去了屏风后面的厨房，用心地沏好了两人份的茶。腿还在抖。走到离小林的桌子还差一步的地方，脚底并没有被什么东西绊住，我却跟跄起来，手里托盘上的两个茶杯都掉在了地上。我的茶杯没碎，小林的那个大茶杯碎了。

"哎呀，对不起，对不起……"

我一边说着，一边蹲下身去捡茶杯的碎片。小林的茶杯摔成了两半。头上传来小林的声音。

"小心别划着手，用抹布擦擦就好。"

"啊，好的。对不起，我这就去拿抹布。"

我顾不上直起身来，弓着腰跑进厨房。手里攥着抹布回到小林面前，蹲下身去把抹布盖在还冒着热气的地板上，茶水的余热瞬间传到了手掌。

"真看不出，你这茶杯还挺结实的。"

抬头一看，小林正一只手拿着我的茶杯，和桌子上的茶杯碎片比对着。那碎片应该是我刚才没来得及收拾，随手放那儿的。

"……对不起。"

"不用介意，反正这也是去寿司店时人家白给的。"

"哦……"

抹布里的热气在逐渐消失。我忽然想起早上的事，问小林：

"这水，会漏到楼下去吗？"

"怎么会？不会吧。这点儿水就漏的话，谁还敢住楼房呢。"

小林的脸上露出了少有的笑容。

"……那倒也是啊。"

我也笑着回了一句,看了看还湿着的铺有亚麻油毡的地面。拿抹布擦地时,突然眼泪涌出了眼眶。我怕被小林看见,便用左手揉着眼睛,蹲在那儿一遍又一遍地擦着。

过了一会儿,小林去洗手间了。我洗好抹布,收拾完茶杯碎片,开始做借阅卡。这时,早已过了午休的时间。

傍晚,比平时要稍早一些,小林对我说:"今天就到这儿吧,你可以回去了。"我也没再客气,离开了图书馆。女儿看见还没到接她的时间就出现在面前的妈妈,高兴地跳了起来。我们在附近的店里买了点儿东西,回到了住处。刚一上楼,可能是听见了女儿尖声说话的声音,知道我们回来了,早上的那个男人立马出现在三楼,他身后站着负责管理这幢楼房的房屋中介。那男人的表情告诉我,他等我等得已经很不耐烦了。我强忍着想跑下楼梯逃到楼外的冲动,让女儿走在自己前面,一步步慢慢上了楼梯。女儿像只小狗,手脚并用地往楼上爬。

到了三楼的楼梯平台,房屋中介站到我面前,用自己瘦小的身体把那个怒气冲冲瞪着我的男人挡在身后。

"对不起啊……我们等您回来已经等了一个多小时,这位先生让我打开您的房门,我跟他说,您应该很快就回来了,还是再等等吧。所以我就跟他一起在这儿等着……"

"明明说过'刻不容缓'。"

那男人嘟囔了一句。房屋中介像是示意我不必介意那样，冲我笑了一下。

"水漏得挺厉害的，都漏到二楼了。又没下雨，问题应该还是出在楼上。不好意思给您添麻烦了，能让我上楼看看吗？"

房屋中介是位清瘦的白发老人。我去交房费时，总能看到那个六十岁左右的女房东坐在旁边的沙发上，两人看上去给人一种女主人和老管家的印象。这是位沉稳优雅的老人。

我把房屋中介和那男人带上了楼。今天早上看到的四楼楼梯平台上那一小摊积水，几乎已经溢满了整个平台，天花板的水渍也变大了，水滴正一滴接一滴，缓慢地滴落下来。

我让两个男人先在门口稍候，一个人进屋看了一下房间里的情况。和早上没有什么变化，耀眼的夕阳洒满了房间，仿佛置身于一片热气中。女儿高声唱着在幼儿园刚学的歌，寸步不离我左右。

我又去看了一眼卧室。从一开始，我就认为肯定没卧室的事，只是为了堵三楼男人的嘴才去看了一眼。结果，第一次在那间屋子的墙上找到了昨天没注意到的很大一片水渍，而那面墙的另一侧正是楼梯。

一听我说卧室的墙上出现了水渍，三楼的那个男人立马摆出一副要进卧室的架势。

"对不起，卧室就别看了吧。你们去看一下楼顶吧，今早我没检查楼顶。"

我急忙将两个男人引向屋内的楼梯。一想到要被他们看到卧室里没叠的被褥，我便紧张得不得了。

浴室没问题。打开通往楼顶的那扇门，我第一个到了外面。眼前那异样的一幕，让我不由得惊叫起来。本该没有一滴水的楼顶，竟蓄满了波光粼粼的水，一汪清水弥漫了整个楼顶。

"大海！妈妈，这是大海！哇，太棒了，好大呀！"

女儿光着脚跳进了水里，一个人大笑着，脚踩手掬地玩起水来。水漫过了女儿的脚踝。

我和两个男人想找到水源，来到了水塔前。只见水正从那儿大量地往外冒着，水量大得让人瞠目结舌。

"水从这儿流到那边，来不及从排水口排走，便漏到了楼下。也许是哪里有了裂缝吧，不过……这也太壮观了。"

三楼那男人好像被眼前的情景惊到了，表情反倒平静了下来。

"照这架势，楼下只是漏成那种程度，倒是值得庆幸了。"

"看把这孩子高兴的。"

"我孙子也可喜欢玩水了。"

两个男人眯着眼睛，出神地看着戏水的女儿。

"可是，你就住在这下面，总该听到些水声吧。"

被房屋中介这么一说，我才想起了昨晚听到的流水声。那缓缓的、遥远的声音。又重新回到我体内的那水声，让我有些猝不及防，浑身一阵发凉。

"这么说起来，的确是听到了……可起床一看是个大晴天，也就……"

"你说这事儿弄的。要是那个时候弄清楚了，就可以早点儿请人来修了。"

三楼的男人说。我语无伦次地道起歉来。

商量好第二天一大早找人来修水塔，两个男人就回去了。

那天夜里，我也光着脚，和女儿尽情地享受了楼顶那片"海"。虽说没什么危险，可置身在那么一大片水里，还是会感到不安，那种不安又引人兴奋。我和女儿在水中嬉戏、捉迷藏，玩成了两只落汤鸡。身上一湿，便感到有些冷。虽说白天已经很暖和了，但毕竟刚进入五月。

回到房间时，听见了刚刚停止的电话铃声，也许那铃声已经响了很长时间。藤野的脸便浮现在眼前，但很快又被自己各种开心的样子取代了。那是终于可以和藤野生活在一起时的自己，也是喜不自禁地去区政府办结婚登记时的自己。仿佛还听到了在义无反顾地生下和藤野的孩子后，我问小林时自己的声音："今后我必须对这一切负责吗？"我看到了点头的小林。同时周围出现了无数的人影，都不停地在点头。

一个多月过去了。在这一个多月里，并没发生什么值得一提的事情。即使发生了，身为我女儿的父亲和我丈夫的那个男人，也无从知晓。日子就这么四平八稳地流逝着。可就是这安稳的生活，却让我对未来越发充满了恐惧。我总是觉得眼前有一个扭曲、易碎的透明体，它毫无安定可言，却又不会倒下，不但不倒下，还试图扎根发芽。而能看见那个透明体的，只有我自己的两只眼睛。我意识到自己开始依恋出现在眼前的这个不安的透明体，否则，我与藤野将无法重新作为夫妻若无其事地见面。以丈夫自居的藤野对我说话的口吻，从一开始就让我别扭。可是只要藤野不主动切断与我的联系，今后我就不得不继续倾听他那遥远的、不明真意的声音吧。

决定分居的是藤野，即使那样，我也不能把他忘掉吗？我又一次看了看浮现在眼前的那些人影，那些很像是我认识的人的人影，都在使劲地点着头。

那天夜里，耳畔也一直回响着水声。我被一种柔软湿润的感觉包裹着进入了梦乡。

第二天早上，水塔很快就修好了，快得让人不可思议。眼看着楼顶透明的积水不见了踪影，女儿和我一样感到遗憾，她在责备修理工。

"不许你把水停了。真抠门，讨厌！"

两天后的周日，又花了一天的时间维修了楼顶。傍晚，听说施工结束了，我便想上去看一眼。因为被叮嘱过在完全干透之前不能上楼顶，所以在往楼顶去的楼梯上，我也反复地叮嘱了女儿。

打开门，比我先看到外面的女儿惊呼起来，那声音比看见"海"时还要兴奋。

"怎么了？"我随口问着，也看向楼顶。简直不敢相信自己的眼睛。只见眼前是一片晃眼的银色，刺得眼睛生疼。我以为只是维修漏水的缝隙，没想到整个楼顶都涂了一层银色的防水漆。还是春天呢，就这么晃眼，要是到了盛夏，肯定无法直视这银色了。从此，这条街上出现了一片能灼伤眼睛的银色之海，而我们仿佛是漫步在雪原上的人，又像是漂流在海上的人。

银色的海。

我忍不住笑出了声。这景色也太绝了吧，而且这回，这片"海"是任何人也带不走的了。

"好美啊！像星星。"女儿完全被银色的屋顶吸引住了。

藤野的电话是在第二天夜里打来的。我的态度越发让他不高兴了，而我也只能这么做。我自己也弄不明白，为什么一听到藤野的声音，两条腿就发抖。

那天夜里，我做了个梦。梦见自己坐在一个银色星星形状的容器里。容器一点儿、一点儿地加快了旋转的速度，当我回过神来时，身体已经被惯性甩了出去，成了贴在墙上的一个扁片。"饶了我吧！"我这么一喊，我的一个中学同学抬头看着我的星星容器说："你怎么那么没用呢？"

说是我的同学，其实是个彼此连话都没怎么说过的优等生。她总会被选为班长，人长得也标致，身边从来不缺男友。这样一个人，现在居然出现在我的梦里，这事本身就很离谱。我一边想着，一边哭着为自己辩解："就算你这么说我，没用又怎么了？没用也一样有把我当成宝的人，真的啊，肯定有。"

那个同学一副难过的样子，摇着头走远了。还是昔日那个美丽的少女。

周日的树

　　走进庭院正门，首先映入眼帘的是三棵大树。即便是在"布洛涅森林"中，它们也是超高的榉树。从上小学时算起，我已经来过这儿好几次了，但注意到这三棵树，不，是发现这三棵树长这么高，还是第一次。我停下脚步，仰头眺望着树梢。女儿急着往前走，使劲拽我的手，那力气大得几乎要把我拽倒，但我没挪步。

　　进了正门，左手树荫下的公园管理处旁边有个不大的公厕。公厕潮湿的气味与草木土壤味混杂在一起，弥漫在空气当中。在这儿停留的，不是在厕所外等人的人，就是第一次来公园，在写着游园须知和公园介绍的宣传栏前留步的人。人们一般都会按白色指示立牌所指的方向，快步走上一条碎石小径。女儿这时也急着要往那边走。

　　"去那边，快点儿。要结束了哟，妈妈你看什么呢？"

　　"你说什么要结束了？看这树，多高呀！"

　　"快点儿，去那边。好多人都去了那边。"

"别闹了，看上面。"

"就不看！"

我从没注意到入口处长着这么高的树，视线又回到了榉树的树梢。为什么唯独今天注意到了呢？我并没有因为之前没看见而感到奇怪，只是为今天所看到的感到不可思议。高高的树梢，又细又直，让人不安，像是要把地上的我吸到那充满柔光的天空。树梢尖端那初夏的嫩叶，带着凉意在空中蹁跹。反射在叶片上的小小光点，像无数飞虫在轻盈地起舞。

"妈妈！"

"别拽，看把我肩膀都拽得露出来了。"

"我要把它撕得稀巴烂！"

"好疼！干什么呢你！"

"你这个坏妈妈！你听不见吗？"

"我听着呢……"

我的视线仍旧停留在榉树上。三棵榉树的位置刚好形成一个三角形，但它们的枝条纵横交错，越往高处延伸，越分辨不出各自是哪棵树的枝条。那些枝条如网般交织在一起，看着看着，我的眼前便出现了幻觉。只见从空中吐出一种植物，快垂到地面时，那植物突然狂躁地缠上了三根静静仁立着的树干。

"走！傻瓜！"

后方轻重不一的脚步声从我身旁经过，消失在碎石小径的方向。随后，孩子们奔跑的脚步声和妈妈们趿拉着鞋跟的声音纷至沓来。

"迈一下这条腿嘛。迈一下呀，迈呀！"

被女儿抱起一条腿来，我差点儿摔倒，连忙抱住了一棵榉树的树干。

"干什么呀？放开你的手。让你放开！"

"不嘛！我要弄坏你的腿。"

"那怎么可能？就凭你？"

我说着，看了眼紧抱着我的腿的女儿。我用力晃动身体想甩掉她，可她就是不肯松手。小脸涨得苍白，还回瞪了我一眼，既不哭闹，也不露出求和的微笑。她是在责备我这个母亲吗？在这念头冒出的一瞬间，我的巴掌已经打在了女儿的脸上。我脱口训她道：

"你那么想走，一个人走好了。你走呀。我已经受够了，不搭理你吧，你总是没完没了的。从一大早就一直闹个不停，不是喊'无聊'就是嚷嚷'没意思'，只知道说你自己怎么样，能不能考虑考虑别人啊？这儿不也是你总吵着要来，我才带你来的吗？你走吧，磨蹭什么呀，走！"

我粗暴地推了一下女儿的额头。女儿惊讶地张着嘴，一步步地往后退去。当她撞到一个行人的后背时，突然哭出声来，然后转过身去惊慌失措地跑了起来，转眼就跑没影了。

剩下我一个人，我突然意识到旁人的目光，慌忙将视线移回树梢，一阵眩晕袭来。连我自己都不清楚自己干了些什么。我以前很怕孩子，那种恐惧还留在身体里。一个想从孩子那里夺走父亲的母亲。没有什么正当的理由，却只想把孩子留下、把父亲踢开的母亲。

"你总得说服我吧？作为孩子的父母，你哪点比我更合格？"

耳边响起孩子父亲的声音，我无言以对。

"是啊，我更喜欢爸爸，为什么不带我去爸爸那儿啊……"

为什么只有孩子的哭闹可以被容忍呢？这孩子的父亲姓藤野，但他已经和其他女人生活在一起，根本就没想要这个孩子，也一次都没给过这孩子的生活费。即便如此，我抚养的孩子还是属于这个父亲吗？我的辛苦和操劳，不过是将来我把长大成人的孩子交给藤野时的"赠品"吗？是啊，我再怎么哭，再怎么喊，也改变不了藤野是孩子父亲这一事实。

我想把孩子的事彻底忘掉。一个人带孩子还不到半年，也许是因为还在适应新生活的过程当中，我每天都被有增无减的疲劳压得透不过气来。这让我不得不意识到，自己也曾有过全身心地依赖藤野的日子。越是告诫自己绝不能让藤野知道自己有这种想法，越是感到疲惫不堪。

几天前，藤野约我见面。他说：

"我就在附近的咖啡馆，你出来一趟。你要是不来，我就去你们那儿。"

我把孩子哄睡以后出了门，斩钉截铁地把话抛给了藤野：

"现在孩子的情绪刚刚稳定下来，目前还是保持现状比较好。你要见女儿，还是过段时间再说吧。"

其实我内心想的是，没准时间一长，女儿会把父亲忘了，藤野也就死心了。可是，藤野并没上我的当，他指责我的自作主张，临走时，像我打女儿嘴巴子那样打了我一个嘴巴子，还扔下了一句："好自为之吧！今天到此为止，你要是以为这就算完了，那你可想错了。"

对于藤野来说，他那么做也许是再自然不过的，可回到房间后，我哭了。而且冒出了一个连自己都觉得很蠢的想法："与其打我骂我，为什么不拉我入怀？"孩子的事倒是其次，我感慨的是，自己失去了一个本该比谁都更亲近自己的男人。

右手边响起了孩子的声音，我转过头去一看，是个不认识的孩子。他在厕所前叫着妈妈。

我跑上碎石小径。还追得上那孩子吗？她到底跑哪儿去了？

也许就藏在前边的树丛里正看着我呢。我看了看树丛，里面没人。我一边跑，一边喊着女儿的名字。没有应答。公园里应该有很多人，可是静得出奇。穿着凉鞋的我在碎石路上怎么也跑不快，有几次差点儿摔倒了，不由得愤愤地想："干吗要铺这么多碎石头！"树木之多也令我焦躁。

什么"布洛涅森林"啊？不就是个阴森森的日式庭院吗？这念头让我想起这个庭院的中心处有一个很大的池子。眼前浮现出女儿的身体静静地漂在池中的场景。我说了那么过分的话，还打了孩子的脸，这事不会就这么轻易过去的吧？我急忙解下围裙，就像游在蓝黑色的水底，用双手在空气中给自己划拉出一条直奔水池的路。

那天早上，我也像往常的周日那样，在床上一直躺到快中午。被女儿叫醒过几次，又都睡了过去。女儿摇着我的身体想叫醒我，也许摇着摇着累了，自己也睡着了。过了一会儿她又醒过来，拿出一副非把我叫醒不可的架势。掀了我的被子，骑到我身上，拽我的头发，还把她的积木和书使劲地砸在我身上，可我还是沉睡不醒。

"我饿了！"女儿哭喊起来。

我闭着眼睛说："牛奶、面包，你想吃什么就去吃好了。"

于是，安静了一会儿，我又放心地睡着了。可马上女儿的哭声又在耳畔响了起来。

"牛奶洒了。"

"我尿裤子了。"

"杯子碎了。"

……没办法，我只好起来，看了眼女儿，又看了看屋里。只见地板上洒了牛奶，还有玻璃杯的碎片，玩具扔得到处都是，冰箱门也敞着。女儿的手指还流着血，睡衣洒上了牛奶，睡裤也尿湿了，连头发上都溅了牛奶。我又没法训她，就穿着睡衣开始打扫起来。

每周都会迎来同样的早晨，可我还是不长记性地在周日的早上嗜睡难醒。哪怕能多睡一分钟也好。只要再多睡一会儿，疲劳就会消失——对此我深信不疑，一直赖在床上。

那天早晨，我又是抱怨着不肯跟我一样赖床的女儿起了床。等把房间收拾完，准备好早午饭的时候，已经是下午一点多了。洗了积攒的衣服，买了东西，打扫了房间，转眼又到了吃晚饭的时间。还有些衣服要熨，还有些针线活要做，一想到这些，顿觉疲惫不堪，便又倒在了榻榻米上。这个周日也这么平淡地过去了？我感到自己在焦急地期待着什么，也明白那期待毫无疑问会以失望告终。虽说是周日，餐桌也并不比平时丰盛，依旧是只有我和女儿两个人的餐桌。

　　我心不在焉地看着电视里的歌唱节目，连碗都懒得刷。女儿又抱怨起来："怎么又要睡觉了？今天可是星期天，不是平常的日子哦。"

　　很快，女儿想出去了："家里没意思，什么人都没有。我们去散步吧。"

　　一开始我没搭理她，于是她开始抽泣起来："好寂寞啊！真无聊啊！"

　　下了楼梯一到外面，女儿就喊了起来："去树林，去'布洛泥之林'吧！"

　　"是'布洛涅森林'哦。"我也兴奋起来，纠正女儿。好不容易住到这个有名的庭院附近，还开玩笑地叫它"布洛涅森林"，每天却只能眺望它的一角，一次还没去过呢。去那儿，也许能让我们过个像样的周日。那里的树和池塘的水面，那里的土和草木的气息。

　　"那我们就去看看吧。今天是个好天，那里一定很热闹哦。"

　　于是，我牵起女儿的手，往庭院方向走去。从住处到庭院的正门，大约要走十分钟。

　　池边、水面，都不见女儿的踪影。池塘周围的草地上，有几家人正沐浴着暖阳，眼前都摆着像是从家里带来的盒饭。水面上，三只雏鸭正在向游人中一位带着孩子的父亲讨食吃，它们的羽毛看上去脏兮兮的。还有一些人在玩球。

我急忙离开水边，进了树林。树林里也有几组坐在塑料布上享用野餐的人们，歌声和笑声不绝于耳。我看见有张木椅上没人，便坐了下来。我意识到，事到如今，着急也晚了。突然想吸烟，可是出门时只带了钱包，又不好跟陌生人要烟抽。我盯着吸烟的人看了一会儿，又看了会儿树林里的树，还看了会儿脚下的地面。突然发现有许多东西在发光，定睛一看，原来是易拉罐上的拉环。

一个和女儿差不多大的男孩朝我跑了过来。我想："这孩子找我有什么事呢？"就在下意识地坐直了的时候，男孩已经从我眼前跑了过去。他跑到一张长椅前停下脚步，回头冲我笑了。长椅上躺着一个人。我站起来，走近那张长椅。躺着的女人我好像在哪儿见过。我冲着那男孩笑了一下。因为连男孩的名字都不知道，和他的母亲也没熟络到要叫醒她打招呼的程度，所以我默默地从他们身边走过去了。

两三个星期前，我在幼儿园见过那人一面。那天是去幼儿园参加家长会。我迟到了，但因为有人比我到得还晚，让我松了口气。那是一张我在幼儿园从没见过的面孔，或许是四月份孩子刚刚入托的人。她牛仔裤上配了件深棕色的 T 恤，一副男性化打扮，可那身装束在她身上却反衬出了女人味，肤色白皙，五官端正。幼儿园老师问她孩子在家里的情形，从她的答复中可以推测出，她也是个只有她和孩子的单亲家庭。我多多少少有些在意女儿的班里进了一个这种家庭的孩子，但接送女儿的时候没有再遇到过，直到这一天。

离那张长椅越走越远，我忽然想，要是刚才去跟她打招呼，她会记得我吗？她不会记得的。那时，我还没有向任何人透露过自己也是一个失去了孩子父亲的人，甚至连幼儿园的老师也还没告诉。但她至少会有在哪儿见过我的印象吧。

"我们在哪儿见过吗？"

也许她会这么说。那样的话，我就提家长会的事，顺便若无其事地问她：

"你现在也是一个人？是丈夫不在世了，还是……"

我想她会愿意回答我的。

走在通往树林的狭窄山路上，继续想象着和那人交谈着的自己。带着幼小的孩子，却能一个人躺在林中的木椅上睡着了，那女人的悠然自得深深地吸引了我。我总觉得自己好像被什么附了体，并因此痛苦不堪，可在她身上却全然不见。

"前不久我才刚刚变成一个人，但已经累得不行了。我可不行，做不到像你这样。就在刚才，我的孩子不见了，在这么大的庭院里，真不知该去哪里找她……"

"那还不简单？"

她轻松地这么一说，站上长椅，使劲地吹起了口哨。女儿如猎犬般飞奔到我面前。

"看见了吧，孩子就是这么叫回来的哦。"

她冲我笑着，教我怎么吹口哨。

"这样吧，咱们一起玩儿怎么样？离公园关门还早着呢，咱们玩点儿什么好呢？"

听她这么一说，孩子们喊了起来。

"捉迷藏！"

"丢手绢！"

"这里不刚好有张长椅嘛，玩'踩高高'好吗？"

我提议。

"好啊，就玩它了。"

我们开始玩"踩高高"。女儿和我好久都没玩得这么大汗淋漓了。

"好开心啊！你不觉得吗？"

她小声地问我，我使劲点了点头。

……

我加快脚步往山上走去。说是"山"，其实只是一个用土堆起来的假山，山顶上有家视野开阔的茶屋。上山的小路蜿蜒曲折，路面被两侧的树枝笼罩，颇有些山路的风情。没用上五分钟就来到了山顶的茶屋。在那儿，我找到了女儿。她蹲在茶屋的角落里，像是哭累了就那么蹲着睡着了。

看着女儿蜷缩的小小身躯，我忽然想起我上小学的时候，那个躲在学校礼堂角落里的男孩。因为半天时间都不见那个男孩的踪影，整个学校都沸沸扬扬的。老师们自不待言，孩子们也分头四下去寻找。我去了礼堂，倒并不是真心要去找那个男孩，只是觉得如果待在教室里不动会挨老师说，于是就去了学校里最宽敞、最不可能藏身的礼堂。可是，我却在那里听见了令人毛骨悚然的呻吟声。那声音是从舞台幕布的后面传出来的，吓得我撒腿就跑，跟谁也没说这事。管它是怎么回事呢，反正我不想跟那恐怖的呻吟声扯上任何关系。我呆呆地坐在教室里，等着大家回来。

过了一会儿，同学们陆陆续续地回来了，告诉我"找到了"。说那家伙在礼堂幕布后面哭来着，因为骨折动不了了，就一直在那儿哭，都哭得尿了裤子。真是个傻瓜，大点儿声喊人不就完了嘛。

我也是那么想的。他为什么不呼救呢？真是个奇怪的孩子。除此之外没再多想。但实际上，他该有多孤独啊，那是一种连寻求救助也会让他感到恐怖的孤独，一种即使一个人也没有，他也不得不藏在红色幕布后面的孤独。

不久之后，那个男孩就转学走了。当时我觉得，也许他的转学跟礼堂事件没什么关系，可是，那似是而非的感觉现在却变得越来越肯定，两者之间不可能没有关系。

"起来，会感冒的。"

我捅了一下女儿的肩膀。女儿发出撒娇的鼻音，没站起来，就势靠在了我的膝盖上。

"真拿你没办法。来，妈妈背你，站起来。"

"……嗯。"

女儿闭着眼睛，摇摇晃晃地站了起来。

"嘿哟。"

很久没背女儿了。她的体重已经让我感到有点儿力不从心了。让女儿趴在后背，好不容易才站起身来的那一瞬间，我感到一阵眩晕，不由得晃了一下。我想，今后父亲为女儿做的事，我也必须做了，必要时，我也该开始学着扮演父亲的角色了。担心脚底打滑，我小心地盯着地面慢慢地往山下走。女儿好像又睡着了，暖暖地、重重地压在我的背上。

"嘿哟、嘿哟……"

我一边小声地踩着点，一边挪着步子。已过盛开期的杜鹃花，那残败的气味熏得我有点儿喘不上气来。

来到山下，我摇了一下背上的女儿，她毫无反应。我擦了擦额头和眼睛，继续往前走。

林边的长椅上已经不见刚才睡着的那个女人，男孩也不在了。公园里其他游客也在准备打道回府了。我在那张长椅上坐下，上面似乎还留有那女人的体温。睡得迷迷糊糊的女儿嘟囔了一句，我没听清。我仰起脸望向树林的树梢。和榉树的树梢不同，这里的树梢把天空遮得严严实实。这是一片即使是白天也几乎看不到阳光的暗林。要在这儿过夜，得有多大的勇气啊。星光就不用说了，月光肯定也射不进林子。我忽然想体验一下这里的黑夜，但恐惧也随之袭来。在日照充足的池边，也许还有很多不急着回去的人吧。我急忙站起身来，再次背起重重的女儿，朝池塘的方向走去。感觉身后的昏暗中似乎有什么东西发着光，紧紧尾随着我。那光，微弱但很炽热。

"欸，后面有什么东西吗？你看看。"

我问仍睡得迷迷糊糊的女儿。

女儿打着哈欠，扭头看了看后面，回我道：

"什么也没有啊。"

"那，有人吗？"

"有人。有个戴眼镜的叔叔和一个老奶奶，还有……"

"不用说了。"

我很失望，打断了女儿的话。

"会来可怕的东西吗？"

"别说了。"

我朝着明亮的池塘，迈开大步。

"狼？狐狸？熊？"

"你怎么这么烦人呢，别再说了。"

"狼？狐狸？"

"狼。是狼。快闭上你的嘴。"

"哪有什么狼啊。妈妈你真奇怪。"

"真是个烦人的孩子。下来吧，自己走。"

我又开始输给自己的不耐烦了。

女儿欢快地朝着池塘的方向跑去了，我在后面追得上气不接下气。小路的尽头有一棵垂柳正沐浴在夕阳下。已经习惯了昏暗的眼睛，被那一树的明亮刺得有些睁不开。女儿跳起来，想用手去够低垂下来的柳条。好嘞，让我去抓几根柳条给她个惊喜吧。我抬起一只手挡在眉梢，走近夕光中的女儿。

那年秋天，听说我在庭院遇到的那个女人和男孩的家里着火了。好在两人均无大碍，但火势蔓延到邻家，烧死了两个人。报纸也报道了此事，但我没注意到那则报道。说是女人去她常去的酒吧喝酒时，男孩玩母亲的打火机引起的火灾。我也是那时才从女儿同班小朋友的母亲嘴里得知，那女人因为意外生了孩子后，一直是一个人抚养，租住了一间十平方米左右的屋子。也许是经济上的原因，一到晚上，就会有各种各样的男人出入那间屋子。那位家长还说，经常看见夜里都很晚了，男孩还一个人在外面晃悠，多让人担心啊。听说那女人白天在公司工作，生活应该还过得下去。结果还是发生了这样的事。她又不像有钱人，这下该怎么赔偿呢？

我跟那家长打听了发生火灾的具体位置，领着女儿去一睹究竟。与着火的房子并排的两栋房子也烧塌了，烧成了黑炭的木材在晴朗的秋空中画出抽象画般的大胆线条。因为火灾已经过去了两天，现场的灰烬和烧毁的家具什物已被清理干净。用绳子围起来的废墟上，自然看不见那女人和孩子的踪影。

那女人住的屋子是哪间呢？我的视线游移在黑色的木炭上，心里嘀咕着："这也许就是那天我后背感受到的炽热之光的原形吧。"

不管怎么说，我还是很遗憾没能和那个女人一起目睹那棵垂柳的光辉。记忆中的那棵垂柳如火焰般耀眼。

那年秋天，我第一次去区政府要了份离婚申请书。

鸟之梦

屋子里坐了很多人。不知道是为了什么聚在一起的，气氛像是练毛笔字的教室，墙上贴满了似乎是学生习作的白纸。

叫到了我的名字。一个男人看向我，我走到那个男人身边。那男人满脸通红，呼吸也不畅，他喝了酒。

"那是你写的吧？"

男人用下巴指了指墙上的一幅字。我不记得我写过，既然男人说是我写的，那就是吧。我点了点头。

"这字写得也太差了。简直无可救药，你还是死了这份心吧。连我看着都觉得郁闷。"

那男人痛苦地呻吟着。"果然逃不掉了"，我突然也害怕起自己的那张"纸"，颤抖着抱住了那个男人散发酒气的身体。他像生了病的孩子，身体很烫。

男人还在呻吟。

"啊，没有办法了吗？酒这玩意儿，我可喝不了啊。"

男人垂着肩，低着头，只是一个劲地呻吟，不再说话。他的脖颈红肿得犹如鱼子，头发和衣服都因为汗水湿透了。

我忽然想起我带了浴巾，是白色的浴巾。我开始用浴巾轻轻地拍打男人的脖颈。为了让他感到舒服，必须格外小心地把握力度，不能太重或者太轻，也不能忽轻忽重。我想通过我的拍打，把我对男人的情愫传递给他。我为自己的行为感到一阵眩晕，是那种渐落深渊的眩晕，它带给我无以名状的快感。

自从开始在夜里和丈夫商量分手的事，我就经常在梦中体验到这种快感。出现在梦中的男人，说不清楚是谁。从梦中醒来才会意识到，都是些现实生活中跟自己没什么深交的人。那面孔、那装扮，似乎都只是随时可以替换的衣物。但有一点是共通的，那就是对方都是男人。有小时候读私塾时的老师，有堂兄，有中学时的数学老师，也有曾经参加同一个俱乐部的活动、总是一副少年模样的学弟……在梦中，我随心所欲地把生活中认识的男人作为对象。虽然行为各异，但那种快感，和恐惧本身产生的快感是一模一样的。

睁眼一看，和我睡在一个被窝里的女儿把我抓得死死的。脚搭在我的胸前，脸深埋在我的臂弯里。我不禁咒骂自己，为什么非要做这样的梦呢？我为快感的消失感到失望，这使我越发感到乏力。为什么不能梦见怀抱孩子的喜悦呢？我为自己不能按自己的意愿做梦而感到懊恼。要是梦作为证据能被带到法庭上，那么法院肯定立马就会做出裁决，认定我没有资格把女儿从她父亲那儿夺来占为己有，独自抚养。"那个母亲，是个出于性欲净做那种梦的女人啊。"即使被这么指责，我也无可反驳。梦中的快感是如此强烈，把那样的自己给忘了，这种事我可装不出来。梦中的那些男人都像是生病的孩子，并没有抱过我，但我感受到的除了性的快感之外，没有别的。

女儿三岁生日快到了。虽然是六月的梅雨季节，但她出生那天热得像夏天，晴空万里。我从病房的窗户眺望着晴空，等待随时都有可能加剧的阵痛。孩子一出生，我就笑着对丈夫说，这是个运势很强的孩子。因为到她出生的前一天，还都是风雨交加的天气。

我忽然想以庆祝女儿的生日为由，请几位熟人来家里做客。女儿出生的时候，从出院那天起，就有好几拨人来祝贺。来的多是丈夫的朋友，凝视着熟睡婴儿的每张脸上都挂满了微笑。我也每天都充满期待地守护着女儿。当时收到的礼物多得令人惊讶，有好几件婴儿服，还有婴儿鞋、相册、旋转木马、八音盒……

丈夫的亲戚就不用说了，跟丈夫再怎么熟络的朋友也不可能来庆祝女儿的三岁生日。当时微笑着俯视过我那刚出生的女儿的人，我能请来几位呢？我开始回忆三年前的日子，那些早已淡忘了的人们又出现在我的记忆里，期待和失望在内心交错着。

不愉快的事接踵而至。女儿也染上了幼儿园里流行的水痘，一个多月都去不了幼儿园。可是，我又不能不工作，只好把孩子放到母亲那里。母亲的身体状态也每况愈下，最后一个星期，我不得不请了假。就在我要请假的时候，我的上司小林得了肝硬化住院了。接替小林工作的人姓铃井，之前在其他部门工作，马上就要退休了。即使小林出院了，也回不了图书馆。听说这是小林自己提出来的，这越发令我情绪低落。

铃井是个安静、认真的男人。他不是一个特别不好处的上司，可四年间已经习惯了小林的我，还是产生了一种连自己工作的地方也变成了陌生场所的困惑。正焦急地想着怎么尽快适应铃井的时候，女儿却得了水痘。当我去交请假条时，不得不跟铃井解释为什么我得不到丈夫的帮助。与小林不同，铃井对我还一无所知。可一开口就得跟他说这件事，这让我感到屈辱。当他问我："那就是说，你们已经正式分开了？"我也只能回答："还不知道呢。"我为这样的自己感到无地自容。既不期待丈夫的回心转意，也没在考虑与丈夫正式分手。在自己休假的这段时间里，铃井会不会以他的判断把我弄到别的部门去，我为此很是不安。唯一的助手动不动就休息，不管怎么说都不是什么好事。

我跟母亲也一直没面对面地正式谈过这事。我为自己没有回母亲那儿的打算感到内疚。当初，明明知道我一走，家里就剩母亲一个人了，可我还是义无反顾地跑到了丈夫那里。现在那个丈夫不在了，我不可能像个离家出走的孩子那样再回到母亲那儿。其实，我一直抱有一个单纯又性急的期待，那就是我一个人的生活会不会成为自我救赎的开始呢？可是在母亲面前，这份期待只会让我内疚。

对于我的任性求助，母亲非但没有责备，还常把在家里做好的饭菜送到我和女儿的住处。那可是我避开她，同女儿单独住的地方。"只有一个大人在的话，很难用心地做些吃的。"母亲总是很体谅地喃喃自语，把做好的菜包肉、炸鸡块、拌菠菜之类的，放在我们餐桌上便匆匆离去。

可是，只有我们三人一起庆生，光是想一想都让我无法忍受。太简单、太冷清了。母亲的寂寞，加上我的、我女儿的寂寞，三个人的寂寞里能有怎样的安乐平和，我连想都不敢想。

我为女儿的生日选了三位客人，也只能选三位。其中有两位是我高中的朋友，还有一位是在幼儿园通过女儿认识的。就在一年前，这三个人还经常来我家玩，我丈夫也在，我们在一起无话不说。我对她们中的一位说起过丈夫跟我提出分居的事，那时压根就没把丈夫的话当真，觉得只是他一时心血来潮。和她们三人的交往模式大致相同，所以即便后来没再见过面，她们也都知道我和丈夫之间的变故。我们分别搬家以后，丈夫还给其中一位打过电话，询问女儿的情况。于是，她打电话给我忠告，从不同的角度为我分析我们夫妻不和的原因，甚至还扯到了人生观。总之，我们一直保持着电话联系。

直到女儿生日的前一天，我才终于下决心给其中一位友人打电话。当初想到要请客的时候，我为自己可以凭一己之力再现曾经的轻松热闹而兴奋不已。该准备些什么菜肴呢？生日蛋糕还是要有的，还要买些花，按人数准备好纸杯……像这样兴致勃勃地思考了许多，有段时间心情大好。可是当我考虑到底能把多少人请来的时候，越思考越失望，甚至想索性回母亲那儿，给女儿过个安静的生日算了。不过，最后也没能利索地断了念想，觉得不能什么事还没做就瞻前顾后的。即使只能请来一位客人，也许也会有意想不到的喜悦呢。

可是，第一个接电话的人说她襁褓中的孩子感冒了，来不了。她在电话那头笑着对我说："孩子的生日，得邀请孩子的朋友嘛。与其请我去，还不如给你女儿把藤野叫去。藤野现在肯定正在为明天不能一起给女儿过生日而难过呢。"

　　接着，我给第二个人打电话。她已经结婚了，但还没有孩子。

　　"你的想法真挺怪的。"她先笑了起来，"明天我丈夫的妹妹要来我家，我去不了。你俩最近怎么样了？我丈夫也说，你们都已经有孩子了，一定得慎重地考虑，况且还是个女孩。"

　　我那不达目的誓不罢休的劲头开始上来了。给准备邀请的三个人中最后一位打了电话。虽然我和她每天都在幼儿园见面，但一直没有机会好好聊天。从事护士工作的她那天晚上值夜班，没在家，是她的丈夫接的电话。她丈夫跟我丈夫一起喝过酒，我和他说话也挺轻松愉快的。可不知为什么，这时我却慌里慌张的。

　　"有什么需要我转告的吗？"

　　"啊，没什么要紧的事。"我慌忙挂上了电话。

　　已经是夜里十点多了。水痘留下的最后的疮痂消失了，从下周开始，女儿又可以去幼儿园了。和生日比起来，女儿更期待能回到幼儿园的日子。她带着这份期待，一小时前就进入了梦乡。我去女儿床前看了看，给她披了披被子，然后就拿着钱包出了门。在房间里实在待不下去了。都怪自己的想法不靠谱，结果也只能是这么不靠谱——即使这么责备自己，我也无法使自己平静下来。要是再早一点儿打招呼，或者不找其他借口，只说想见面的话，也许自己的期待就不会以这种结局收场了。双腿因极度的失望而抖个不停，我想要的东西并不多呀。而且，我是那么战战兢兢地、谨小慎微地伸出手去，就连那只手也会被拨开吗？我握紧拳头，太不甘心了，怒目圆睁地瞪着那些驶过身边的汽车车灯，走在人行道上。

来到站前，穿过车站，走下一段缓坡路，我进了一家位于坡道分岔处的小酒馆。酒馆的上面是公寓。店不大，里面有个像是店主的男人，一个穿着织有金线的黑衬衫的女人，一个把工作文件摊了一桌子的四五十岁男人，还有一个比我稍微年长一些、肤色黝黑的女人坐在吧台前。我也坐到吧台前的凳子上，要了杯兑水的威士忌。店里很安静，放着热带鱼的大水槽向墙上投出淡淡的光。两个店员正入神地看着吧台上的小电视。

一开始，我不想被店主和其他客人看出自己是个从来没独自进出过酒吧的人，一直紧绷着身体，也不敢四下打量。过了一会儿，当我把视线转向其他客人时，忽然发现其中一位女客人我好像在哪儿见过。是因为她长得像某个人吗？还是说她也住在这附近，没准我们在哪儿见过？越是在意，视线就越离不开那女人。店很小，她不可能意识不到我的目光。

女人把脸转向我，没好气地问：

"你看我干什么？"

她突然这么一问，反倒把我吓了一跳。我语无伦次地赶紧跟她道歉，解释说好像在哪儿见过她。可是，正面看到的那女人的脸与侧脸的感觉完全不同，没有什么印象。不像是化过妆，却描着很粗的眼线，非常显眼。圆脸，浓眉大眼。也许是没有涂口红的缘故，唇色看上去很不好。和我一样，那女人也穿了双凉鞋。

"您要是住这附近，也许我们碰见过好几次呢。我住在车站的另一边……"

听我这么一说，那女人终于露出笑容，轻轻地点着头说：

"我就住在这后面。我不太去车站的另一边，那儿有家药店对吧？我倒是常去那药店，我有他家的积分卡。"

"哎呀，我也有。"

我和那女人很快从积分卡的话题聊得热火起来。

"积分可不是那么好积的，即使积够了分，也换不来什么像样的赠品。明明知道这些，可一旦办了积分卡，就想着能多积就多积。"

"没错，我也是。"

我俩大声地笑了起来。当我知道她也在公司工作，早晨去车站的时间也和我差不多时，我的兴致越发高涨起来。

"是吗？那也许每天早晨我们都见面了呢。"

听我这么一嚷嚷，那女人也睁大了眼睛说："要是没在这儿遇到的话，或许永远也不会有机会认识了。来，喝酒。干杯！"她已经醉得满眼血丝。

我本来就没什么酒量，为了迎合那个女人一喝起来，立马有了醉意。女人把嘴凑到我耳边告诉我，她现在在学梵语。

"我要去印度了，很快。去了就不回来了。再也不回这鬼地方了，你也去印度吧。"

然后，她嘟囔了一些莫名其妙的话。

"听懂了吗？这是用梵语说的'夜色黑暗，早晨速来'。怎么样，了不起吧？我们公司那帮人，谁都不知道我在学梵语。就因为我在抠抠搜搜地攒钱，那些年轻人可讨厌我了，说我是欲望得不到满足的老姑娘。嘻，随那帮家伙怎么说吧。你说是吧？"

女人嘴里又叽咕起莫名其妙的话，自顾自地笑弯了腰。我这才发现，那女人比我以为的大概要年长十岁。

我和女人觥筹交错、谈笑风生的时候，店主也凑了过来。看那女人喊起梵语，我也动作夸张地唱起歌来。店主就拿来吉他伴奏。我闹过了头，从椅子上摔了下来，感到疼痛的那一瞬间突然想起女儿。

"现在几点了？"我问店主。

　　已经十二点多了。我醉得摇摇晃晃的，整个身子都倒向那个女人说：

　　"欸，咱们去我家吧。我得回去了，可我还想和你喝酒，好吗？来嘛，反正只有孩子，没关系的。"

　　我拽了拽女人的胳膊。她不是很情愿的样子，但还是站了起来，和我一起离开了酒馆。我俩都走得深一脚浅一脚的，一边走还一边东一句西一句地大声唱着歌。车站一带，闪烁着五颜六色的灯光，璀璨靓丽。通往我住的那幢楼的路成了淡红色，就蜿蜒在光影中，它像血管似的搏动着。

　　"看，就是这幢楼。我住四楼。"

　　"哦……"

　　女人连头也没抬，叹了口气。

　　"来吧，楼梯陡得很，小心点儿上哦。"

　　就在我推着那女人的后背，自己也正要上楼梯的时候，我的肩膀被人从后面抓住了。回头一看，丈夫藤野就堵在身后。他喘着粗气，挺着胸。

　　"你在干什么？"

　　丈夫的声音带着哭腔。我借着酒劲，粗暴地怼了回去。

　　"我还想问你呢，你在这儿干什么？"

　　"你说什么？……孩子呢，孩子在哪儿？"

"在被窝里好好睡着呢。拜拜……"

我故意戏弄他似的冲他摆了摆手，转过身去。就在我转身的那一瞬间，丈夫一把将我拉倒在地上。我一时没反应过来发生了什么，脑袋重重地撞在了地上，疼得我呻吟着站起来，以迅雷不及掩耳之势撞向丈夫。丈夫被我撞倒在路上，我也趴在了丈夫身上，我想去抓他的脸，拽他的头发，掐他的脖子，可都立马被丈夫的手挡住了。我又一次扑到他身上，结果被他推出老远。

"够了！你这个醉鬼！……赶紧回屋吧，也不嫌丢人！"

我趴在地上动不了了。胃里的东西突然涌了上来，一股热流从嘴里喷出。我都干了些什么？我迷迷糊糊地想着。想明白的，只有自己对丈夫的那份依恋，我已好长时间没得到过来自丈夫身体的温存了。

恶心劲过去了，我在意起自己的外观，马上站了起来。丈夫已经不见了踪影。我注意到那个女人站在楼梯上，正居高临下地看着我。我走近她，把所有的怒气都撒在她身上。

"快滚开吧。袖手旁观了一场闹剧是吧？已经演完了，你还磨蹭什么？让你滚呢，没什么可看的了，再等也没有了。"

女人什么也没说，摇摇晃晃地离开了。

放下一楼的卷帘门，上了楼梯，进了屋子，我蹲在地上捂着脸哭了起来。说不清那眼泪是为何而流。

　　又是新的一周，女儿去了幼儿园，我去图书馆上班。母亲有时也会替我去幼儿园接女儿。我的工作虽然没变，但积攒下来的事足够干上半年了。所以我不得不时常加个班，幸亏有母亲代我去幼儿园接女儿。八点左右，当我回到母亲家时，"妈妈，妈妈回来了"，女儿总是大呼小叫地跑来迎接我，告诉我自己是第几个吃完饭的，今天又把哪儿蹭破了皮，谁和谁因为什么事吵架了。

　　"我又见到了那个奶奶哦。"

　　有一天，女儿这么一提，母亲也点着头说：

　　"这孩子每次都'奶奶''奶奶'地叫她，她笑得很开心。她总是一个人穿成那样在那儿转悠，一定很孤单吧。"

　　"谁知道呢。"

　　我未置可否地随声附和。

　　我们说的是来回幼儿园的路上，每天早晨和傍晚都会遇到的一个老妇。老妇从不梳理头发，那身像是睡衣的和服也脏兮兮的。即使是冬天，她也不穿袜子，就趿拉一双木屐。她总是空着手、无所事事地在同一个地方转悠，怎么看也不像有家人的样子。女儿每次一见到那老妇就打招呼，早晨喊"奶奶早上好！"，走过老妇身边喊"奶奶再见！"，一直喊到拐弯看不见了为止。女儿因出水痘很长时间没去幼儿园，后来又在路上碰到时，老妇跑了过来，问："发生什么事了？我还以为你们去了什么地方呢？"我有点儿不好意思，连忙解释说是因为水痘没能去幼儿园，并表示了谢意。老妇张大了嘴，笑了。

"那以后又能见面了，太好了！这么好的孩子，不会输给生病的。"

"是呀，我结实着呢。"

女儿得意地说。

我有点儿在意母亲看待那个老妇的心态。年纪轻轻的就失去了丈夫，独居的母亲会不会从那老妇身上看到了我还看不到的什么东西。我希望是那样的，我想一定是那样的。用不着交谈，也用不着牵手，只是看，只是互相对视就能理解对方、与对方感同身受。作为一个饱受了孤独的人，我希望母亲具备这种程度的共情能力。

在那之后的早晨，每次见到老妇时，我和女儿都会异口同声地跟她打招呼。我甚至还想过，要是能和女儿一起去与老妇生活就好了。那也不是不可能的。我在这种想法中感到了一丝慰藉。可是，没过多久，老妇也许是生病了，我们再也没在路上见到她。

女儿的生日过后不久，我梦见了一只鸟。丈夫不是在电话里，就是在图书馆的门口，有时是在我住处的楼下，他不分场合地责骂我，问我到底是怎么想的，问我为什么那么恨他，甚至哭着不断地问我："到底是因为什么？"而我总是一声不吭地看着他，心里想"我并不恨你，只是害怕得张不开口了而已"。

在图书馆，我打了个盹。

看见有只鸟从一棵落叶树的树枝上飞下来。那是一只大大的、红脸绿羽毛的热带鸟。

"最近这段时间，不少原本是家养的鸟飞到了外面，就像那只牡丹鹦鹉之类的，许多就变成了野生的鸟。"

不远处传来了这样的说话声。

"啊，牡丹鹦鹉……"

我刚说完，又有一只和刚才那只一模一样的鸟飞了过来，栖息在另一条树枝上。"果然，真的多起来了。"随着这念头的闪现，越来越多的牡丹鹦鹉飞了过来，整棵树被牡丹鹦鹉裹了个严严实实。树上挤满了色彩缤纷的羽毛，有些像熟透了的果实，重重地落在了地上。

为什么只有这种鸟多起来了呢？是因为它的生命力很强韧吗？梦中的我惴惴不安。

声　音

夏天的酷暑，说来就来了。

屋子四面墙上的窗户，无论是我白天上班的时候还是夜里都敞着。因为没有任何遮挡，通风极好。夜里，随风摇曳的窗帘底边时不时地掠过脸颊。有天傍晚，从图书馆回到家，发现纸制灯罩被刮掉了，显然是随风在地上打了好几个滚，最后被吹散在厨房的红地板上。离家时拉上的窗帘也被风吹开了，"呼啦呼啦"地在那儿随风飘荡。窗边的花盆被吹倒了，里面的土干得如沙粒一般，撒得榻榻米上到处都是，裸露着僵硬根须的花草显然已经干枯好几个星期了。

那光景，让人不得不联想，除了风，会不会还有其他"入侵者"。然而，在这间屋子里度过了冬天和春天，现在又迎来了夏天，我早已不像春天时那么胆怯，坚信一个大活人是不可能潜进来的。每当在窗口俯视下面的道路时我就想，谁会冒着生命危险爬上垂直的墙壁，潜入我这四楼的屋子呢？恐怕连抬头看一眼这屋子窗户的人都没有吧。

　　与其说是因为屋子太高爬不上来，不如说要小心点儿不掉下去才好。

　　有一天，透过大敞四开的窗户往外看时，发现邻居的平房屋顶上有一抹艳丽的颜色，像是怒放的花朵一般。那是一家小小的旧式点心店，终年亮着一只灯泡。男主人是个瘦弱的老人，盛夏也戴着一顶带防寒耳罩的黑帽子。老人的妻子个头像个孩子，背驼得厉害。两人轮换着照看店面，好像没有其他家人了。我拗不过女儿，在这家店里买过几次点心。点心包装袋上都落着白色灰尘，老夫妻中的一个总会用块破布细心地把点心包装袋上的灰尘擦掉后，再递到我手里。

　　回到四楼的房间，再俯视那家店的屋顶，发现有几处黑瓦已经碎了，日照充足的地方长着杂草，让人感觉这老房子的寿命似乎没多久了。

　　在那破败的房顶上意外地看到艳丽的颜色时，我突然有一种不祥的预感，心跳加速。从窗口探出身子，定睛一看，是彩纸。红的、蓝的、绿的、黄的，好像是我几天前给女儿买的那包彩纸，一张一张地随风飘落在了那个屋顶上。

　　女儿从纸包里每抽出一张彩纸，就将小手伸到窗外，把彩纸抛向空中。看着那些五颜六色的纸缓缓地在空中飘落，刚满三岁的女儿该是高兴得笑出了声吧。

我上小学的时候，有个学生从小学的屋顶上掉了下来。我没在事故现场，是从别的孩子那儿听说的。掉是掉下来了，但幸运的是，不偏不倚地掉在了消防用的水槽里，连根头发都没伤着。那个水槽在孩子的眼里也没多大，就三十厘米宽。有很长一段时间，我对此事都深信不疑，感叹那孩子真是太走运了。可是，那能是真的吗？

没准是小孩子们信口编出来的。一个看见了尸体的孩子，忽然瞥到旁边有个消防用的水槽，就想"要是掉在那里就好了"，于是为那个摔死的孩子感到窝火："你本应该掉在这水槽里的啊。"继而把他死了这件事给忘了。现实不该是那么残酷的。也许是那孩子对摔碎了头的尸体没再看第二眼，回到孩子们中间笑着说："有人从楼顶上掉下来，正好掉在了水里，什么事也没有，还真有做这种怪事的家伙呀。"是的，说的时候肯定伴随着笑声。尽管大人们再三告诫不许上屋顶，但孩子们一旦知道即使从屋顶掉下来也未必会摔死，就会产生一种优越感，他们不会不笑起来的。

也正是从那时候开始，我频繁地梦到自己坠入深渊，也常常梦到自己的身体被吸进说不上是什么"空间"的黑暗之中。还梦见过几次看见别人掉进了不知是什么地方的深渊。那人有时是同学，有时是家里的什么人。坠落的地方有时像是悬崖，有时又像是学校的屋顶，都深不见底。好像随意迈出去一步，人就会一下子消失。我不敢靠近那坠落的边缘，只是竖起耳朵。静寂的时刻有多长，那深渊便有多深。一秒、两秒、三秒地数着。四秒、五秒、六秒。啊，该有多深啊！我深陷在悲哀当中。可是，过了一会儿，有声音从深渊底部传了上来，像是玻璃破碎的声音，不，比那声音还要清亮。对我来说，是人骨破碎的声音。一听见那声音，我的心情就会快活起来。

不知从什么时候开始，我不再做坠入深渊的梦了。即使孤零零地住在高楼上，也没再做过那样的梦。

发现彩纸后又过了几天，当我再一次俯视邻居的屋顶时，看见那里落满了过家家的玩具，还有可以换装的小人偶和积木。女儿欢快的笑声仿佛还回荡在那屋顶上。

有人打来了电话。时间已近深夜，我已经睡下了。是个自称是丈夫熟人的女人打来的。这么说起来，在和丈夫分居前，我就听说过这个女人的名字。丈夫说正和她携手做一项新的工作。其实是个四十多岁的脱衣舞舞女，好像是丈夫在一家带大舞台的酒吧打工时认识的。

女人说，打这个电话是出于她个人的想法，让我什么都不要跟藤野说。

入夏以后，来自丈夫的联系突然断了。之前，他总是不分时间场合地突然出现在我面前，要不就是冷不丁地打来电话，责备我不让他这个父亲见女儿，说我对女儿不够呵护，责怪我总是由着自己的性子去酒吧酗酒，逮着机会就想和男人玩乐。只有一次我实在是忍不住了，抽抽搭搭地向他哭诉："求你了，放过我吧。照这么下去，不管你说我什么，都只会让我更怕你，导致我什么都思考不了。我真的累了。"

当时丈夫说那是我"自作自受"，并没停止对我的辱骂。当他不再让我听见他的声音时，我还以为我的诉求他听进去了。但其实没有。对丈夫来说，我成了他憎恶的对象。为了女儿，丈夫无论如何也要把我降服在他的势力范围内，拧断我的手脚。

"我不知道自己是不是多管闲事，犹豫了很长时间。"自称丈夫熟人的那个女人说了起来。

"直到前不久，我都跟藤野先生在一起工作来着，当然不会不知道你们之间的事，所以也听说了一些，还请你原谅。藤野先生看上去很痛苦，我也是个离过婚的人，看他那么痛苦也很难过。你们两人已经沟通过，也许是我瞎操心，但还是想跟你说说我的感受。从藤野先生那儿听到的越多，我越觉得像是在听他说过去的自己，于是真心地喜欢上了你。你真的很像年轻时的我。正因为如此，我才想让你听我一句劝。我是十五年前离的婚。那时，我踌躇满志地想，远离那样的男人，我才能活出自己，我终于可以开始自己精彩的人生了。当时没有任何不安，觉得反正还年轻……可是，事到如今，我几乎每天都在后悔。离婚以后，做什么事情都不顺。我再也没遇到过比我前夫更适合我的男人了。可再怎么后悔，也无济于事了。正因为我现在很难，才不能不对你说，千万别跟你丈夫分开。其实你并不恨藤野先生是吧？藤野先生也一样，他对你的感情有多深，从他说的话里就能听出来。可不能因为无关紧要的事就分手啊。像藤野先生这么优秀的青年，你去哪儿找啊？即使分开了，等着你的也都是不好的事。想过得比现在好，绝对不可能，绝对！"

那女人说如果有事随时都可以找她商量，让我把她的电话号码记下后便挂断了电话。

之后又过了十天左右，我接到了一位教授的电话。丈夫上学时曾受到这位教授的关照。教授说想跟我面谈，问我有没有时间。我曾跟丈夫一起见过这位教授，和他聊过天。他是一个很质朴的人，能跟我聊得很融洽。

利用上班午休的时间，我们在一家餐厅见了面。教授说："当然，很多事只有你们当事人才懂，但你是不是应该冷静下来，考虑一下藤野君的想法？我周围也有几位离了婚的女性，结果是无一例外地都处于很可怜的境地。女人要是一个人生活的话，真不会有什么好事。藤野君也好，你也好，我都不希望你们不幸。这是我对你们唯一的希望。我不会对你们说'不要轻易地离婚'，但这些年，我多多少少也见过一些人，有一点可以肯定地告诉你，你不会再遇到比藤野君更好的男性了。以后遇到的男人只会越来越差，真的是那样的，没什么可期待的。即便你认为自己和别人不一样，也会和她们一样陷入困境。这就是现实。离婚这件事，最好还是不要考虑。"

我点着头，顺从地听着教授说的每一句话。

那天，上司铃井因热伤风没来上班，我去幼儿园接女儿比平常早了一些。平时接女儿的时候，幼儿园里的孩子都走得差不多了，那天还有很多孩子没被接走。入口处，有个智力发育有点晚的男孩，手拿一片细长的树叶轻轻扫着鞋柜里的鞋。那孩子皮肤白皙，大眼睛，长相很可爱。除了他母亲，他似乎没正眼看过任何一个大人。也不怎么说话，唯有那双眼睛总是闪着顽皮的光亮。他不看人，却总是愉快地凝视着洒向人身体的光。

听说这孩子还是婴儿的时候就进了这家幼儿园。虽然后来发现他和正常孩子不太一样，可是园方又不能以此为由拒收他，所以就让他一直待在幼儿园了。这孩子不愿待在狭窄的房间里，总是在一进门的大厅或楼梯附近徘徊，所以我常能看到他。那天路过他身边的时候，我瞥了他一眼，转眼就把他忘了。

可是，随着日子的流逝，我意识到那天见到那男孩对我来说有着特别的意义，我很后悔当时为什么没好好看看他那双眼睛。

就在那天夜里，男孩从东京都营住宅楼的十楼掉下摔死了。那里没有能救他命的水槽。

就在男孩发生事故的三个小时前，我去幼儿园接了女儿，回了一趟住处。要是平常，那正是我匆忙地开始准备晚饭的时候。可是那天，也许是受了白天教授说的话的影响，我没心思进厨房，而是把幼儿园带回来的女儿的脏衣服扔在地上，转身又出了门，进了马路对面的烤肉店。每周我们母女俩都会去那儿吃顿晚饭。因为店里有个大彩电，我可以不管女儿，悠闲地用餐。我给自己点了份套餐，给女儿点了汤泡饭。

我们吃完的时候，进来了一家人。夫妻俩带着两个女孩，一副夏季和服的打扮。两个女孩一人手里拿着悠悠球，一人手里拿着面具。我忽然想起那天附近的神社在办庙会。

我催促着女儿，赶往神社。离神社越近，穿和服的人越多，母女俩兴奋起来，加快了脚步。能看见摊位的灯光了。原来人们都来这儿了，幸亏我们没错过。

神社里面正如我所期待的，熙熙攘攘，摊位一个挨着一个，还搭了很多看杂耍的帐篷。气球、风车、悠悠球，在灯泡的照耀下闪着温暖的光。

我和女儿一起捞金鱼、套圈、射击，还喝了冰水，吃了杏梅糖，买了几个过家家的玩具和一些烟花。转了一圈以后，再逛下去也还是那些，没再发现什么意想不到的东西了。再怎么找，也找不到目之所及以外的别的什么了。

我走到暗处，点上了一支烟。女儿看到点烟的火，说想放刚买的烟花。

"那就只放小的哦。"

我点点头，从塑料袋里取出那捆纸捻花，从里面抽出一支递给女儿，然后用打火机点着了捻子。

"手可不许动哦，必须一动不动。"

女儿紧张地伸直了胳膊，盯着自己手里的火苗。火苗在纸捻花的顶端变得越来越大。火苗越大，之后燃放的火花就越漂亮。但有时还没等火花散开，火苗就会因为太重而落在地上。女儿手里那支纸捻花的火苗渐渐地大了起来，开始要散火花了。可就在这时，她的手轻轻晃了一下，火苗掉在了地上。

"哎呀，真可惜！好，咱们再来一次。这次我也来。"

我又递给女儿一支，自己也拿了一支，同时点燃了两支。我手里那支一开始就散出了华丽的火花，很快变成一个大大的火球，却毫不出彩地掉在了地上。女儿手里的那支虽然火花没散多大，但持续了很长时间。我也像女儿那样屏住呼吸，看着火花逐渐暗淡下来。最后小火球燃尽，女儿失望地叹了口气。

"它已经尽力了。"

"还是灭了。"

"总是要灭的嘛，没办法呀。"

"我还要玩儿。"

"那我们再比比。这次我也要加把劲。"

我说着，又递给女儿一支。

"呦，玩儿得好开心啊！能不能带上我们一起玩儿啊？"

突然，头顶上传来说话声。我吃了一惊，抬头一看，是幼儿园的一位家长，她孩子和我女儿在一个班。这时，那孩子已经蹲在我女儿身边了。我跟这位母亲没怎么搭过话，但女儿每天都会提到她孩子的名字。今天他们母子俩也都穿着和服。

"我们看看谁的纸捻花开得最久最漂亮吧。"

"好的。来，拿着。"

我拿起膝盖上的纸捻花递给她，她却笑着摇了摇头，指了一下她孩子手里拎的塑料袋，袋子里塞满了烟花。她从中抽出一支纸捻花递给孩子，自己也抽了一支。我用打火机把四支都点燃了，我们围成一圈蹲下，四个人的脸都被映红了。我手里的那支又是最先燃起了一个大火球。最先掉落的是那孩子手里的火球，紧接着，他母亲手里的也掉了。我想没准我手里的这支能一直坚持到最后吧，这让我有点儿小激动，可它还是只燃了一半就灭了。燃放时间最长的依然是女儿手里的那支。

"我还要！"

扔掉手里燃尽的烟花，女儿大叫道，连呼吸都变得急促了。

"快给我呀！"

"咱们玩玩别的烟花吧。看，这个怎么样？说是叫'步枪烟花'。"

谁也保证不了女儿手里的烟花能连着三次都燃放那么长时间，我担心她输了会失望，就想哄她换一种。

"不嘛！我就要这个！"

女儿大声地嚷嚷着，伸手把我膝盖上的纸捻花全部抓了过去。

孩子妈笑了起来。

"哎呀，好凶哦。是不是犯困了？"

"我才不困呢！来，我们一起放。"

女儿先递给她的朋友一支，那孩子老老实实地接了。

"这支是给阿姨的！"

那孩子的母亲也笑着接过了烟花。

"这支是妈妈的！"

"真没办法。你没听见其他烟花在叫'也看看我们呗'？"

"不看。"

我打着了打火机，四支纸捻花再次放出光芒。

"我还是觉得以前的庙会更有意思……"

那孩子的母亲突然嘀咕了这么一句。

"那是因为以前咱们还是孩子……"

我盯着渐渐膨胀的火球回应她。

"也许吧。您也是东京人吗？"

"是的……"

"我从小就来这里的庙会……是啊，也许因为那时是孩子，才玩儿得那么开心。但我觉得也不全是这样，说不清楚是怎么回事……这段时间，来这里的庙会总有一种上当受骗的感觉。真不该长大，早知道长大这么无聊，小时候真该多玩玩儿。最近我每天早上醒来，都觉得很失望，没意思……可是又不能不去店里上班……"

"就像有人说的……只会越来越差。"

我想起白天教授说的话，笑了起来。

"不过，我喜欢烟花……只要能看到喜欢的烟花就满足了……"

我手里的火球掉了。紧接着，女儿的和那孩子母亲的也掉了。燃放到最后的是那孩子手里的火球，但最终也掉了。女儿哭了起来。

"都怪你们，都怪你们老在那儿说话！"

就在这时，我感觉自己在女儿的哭声里听到了远处的惨叫声。像是那种直坠深渊而去的叫声，脚下的地面瞬间消失，周围变成了一片昏暗。我顾不上女儿的哭闹，站起身来，竖起耳朵听周围的动静。

"妈妈！妈妈！"

"怎么了？出什么事了吗？"孩子妈问我。

我点了点头。那时，我还不知道发生了什么，头却点得非常肯定。

第二天去幼儿园，才知道那天在幼儿园瞥了一眼的那个男孩出事故摔死了。原来惨叫声是那孩子发出的啊？想起昨晚听到的惨叫，心里一阵难过。说是一个人在过道玩儿的时候，越过了栏杆。

我想，男孩大叫着坠落的时候，他到底看到了什么？因为是在夜里，由街灯、家家户户的灯火和霓虹灯构成的光影，一定会像水一样从他坠落的身旁流过。自己这是去哪儿啊？在那陌生的光的急流中，也许他惊讶地瞪大了眼睛。这么想来，那声音听上去并不是惨叫，反倒像欢呼声。

我没跟任何人说我听到了那个男孩发出的最后的声音。

整个夏天，我房间的窗户一直都敞开着。

女儿背着我，把自己的东西一点一点地扔到了邻居家的房顶上。她不会把自己也扔下去吧？这么一想，我连训她的心思也没有了。

咒语

女儿一直在哭。我将身体缩成一团，背对着哭声躺着。在女儿的哭声中，我做了个短梦，梦境里像是在播放一张张微暗的幻灯片。

围墙上开满了发着荧光的红色爬蔓蔷薇。心满意足的我，正要摘那蔷薇。……

下起了雨，我只好躲在车站里避雨。……

女儿躺在绿色的台子上，我在哭。女儿的父亲摇着女儿的身体，抽抽搭搭地哭诉着。

"你这个当妈的，为什么那么晚才去接她呢？如果你按时去接她，也就不会发生这样的事了。早知如此，还是应该由我来抚养她。"

有人在哭。我终于注意到了女儿的哭声，睁开了眼。我的眼睛也是湿的。看了一眼表，两点半。女儿基本上会在同样的时间开始哭起来，凌晨两点和黎明时分。这样的夜晚，已经持续将近一个月了。我也不知道是从什么时候开始的，她每天晚上都在哭，被子也是湿的。我的睡眠总是被打断，别说去抱她了，一看到她哭，我就立马气得想扇她。

"你还让不让人睡觉了！"即使能忍住不动手，也忍不住劈头盖脸地训斥她，"也不看看现在是几点？别烦我了！哭什么呀？你倒是说话呀！光哭有什么用啊？哭就解决问题了？真懒得搭理你！"

女儿的哭声更大了。我越发恼火，粗暴地推搡她。

"果然又尿床了。你这是怎么回事啊？不是好久都没尿床了吗？行了，别哭了，哭也没用！烦死了！"

女儿哭得越发厉害了。

"这睡衣好难受哦！被子是湿的！"

我听女儿这么一说，更是气不打一处来。

"说什么呢？还不是你自己尿的吗？已经没睡衣可换了。被子也只有这一床。就这么睡吧。快睡！哭也没用。一点儿用也没有。吵死了！不揍你一顿就不长记性是不是？"

女儿还是哭个不停。没办法，我只好让女儿站起来，给她脱下睡衣，在被子上铺好浴巾，然后去厨房把毛巾浸湿，给她敷在胸脯上降温。女儿逐渐安静下来，一边抽泣一边紧紧地抱住了我，不一会儿，她张着嘴巴睡着了。看着女儿熟睡的样子，我忽然感觉清醒了，抚摸起女儿的头和脸，摸着摸着，自己也睡了过去。可是，拂晓时分，又被女儿的哭声吵醒了，于是又重复了一遍夜里做过的事。

睡眠不足的日子一直持续着。白天在图书馆工作时，我经常会打盹。傍晚赶去幼儿园接女儿的时候，浑身乏力，连头都抬不起来。和女儿走在路上，路过点心店她就哭闹着要冰激凌。看见猫咪，不管有没有车就跑上马路去追，没走几步又吵着让我背她。我的忍耐几近极限。这孩子，难道是在考验我的耐力吗？把我的身体拽来扯去的，是在嘲笑我吗？女儿长得像她父亲。我故意不看她的脸，只拉着她的手。回到住处一直到她睡着的时间，我也尽量无视她，一个人躺下装睡。接着，女儿就会在半夜哭起来。

怎么做才能让女儿睡得安稳呢？连想都没想过。我更在意的是自己睡眠不足，得让自己不被女儿的哭声吵醒才行。我开始在睡前喝下远超自己酒量的威士忌。可是，不管醉得多沉，还是能听见女儿的哭声。因为醉酒，大脑昏昏沉沉的，哭个不停的女儿更给我火上浇油，真想用湿毛巾把她的嘴巴和鼻子捂上。但我没那么做，而是不轻不重地打了她的脑袋，然后去厨房把胃里的东西都吐在了洗碗池里。我一边用水管的水洗脸，一边嘟囔着"救救我，救救我吧"。

那天夜里，我又烂醉如泥。女儿的哭声如海浪声。醒来后，发现女儿还活着，我揉了揉惺忪的睡眼，定睛看了看，只见她的手和脚都在抖动。梦中女儿父亲的哀叹还回响在耳边。我伸手摸了一下女儿的胳膊，又摸了摸她的后背，温热而柔软。她还活着。一时竟搞不清这是现实还是梦境。希望死去的女儿可以复活，这个不可理喻的愿望竟如此轻易地成了现实。可即使是做梦，我也无法不感恩女儿的复活，忍不住把活着的女儿紧紧地抱在怀里。为什么上苍会把女儿继续活着的好运赐给我这样的人呢？真不可思议。

等回过神来，发现女儿咬着我的睡衣袖子睡着了。我把她放回被子里，脱下她的睡衣和内裤，拿着去了厨房。厨房的窗户没挂窗帘，窗外的霓虹灯和路灯把房间里映得通明。我把脏衣服扔进洗衣机，登楼梯上了屋顶。还有几处亮着灯的窗户，我数了起来。

那天夜里，女儿少有地睡到了天亮，没再哭了。

第二天早晨，女儿揪着我的头发把我揪醒了。一看表，已经八点半。我急急忙忙地给女儿穿好衣服，让她喝了牛奶再出门。嫌女儿走得太慢，就抱起她往幼儿园跑。突然我想，在内心的某个角落，我是希望女儿死去的吧。否则就不该在梦里梦见女儿的尸体。女儿的身体很重，我双臂麻木了，视野也变模糊了。我紧紧地抱着那份沉重，继续跑着。

一到幼儿园，女儿头也不回，兴高采烈地跑进了小伙伴们中间。她挣脱我怀抱的那一瞬间，我感到一阵轻松。

我和女儿两个人的生活，马上就要进入第八个月了。虽然白天很热，但夜里已经凉下来了。就在这时，我和女儿先后得了感冒。

新房子已经住得很习惯了，习惯到即使闭着眼睛在里面走也不会被绊倒。在此之前，我内心的期待是能像刚和丈夫在一起时那样，过那种平平凡凡、和朋友你来我往的轻松日子。我想，也应该会变成那样吧。就像考学，坚信只要自己努力学习就一定能考上。而一旦考上了，就能以此为傲地生活下去。抛弃一切无聊的期待，去看清自己不曾看见过的事物，虽然也这么打算过，但怎么做才能抛弃期待，其实我还不知道。

这个我们冬天搬进来的四楼房间，我已经完全习惯了。住进来的时候，厨房的红地板是刚刚换过的，每天女儿不是把牛奶洒在上面，就是把吃的东西掉在上头，还经常用蜡笔在上面乱画，有时甚至就尿在地板上，所以地板的颜色早就没有了光泽，榻榻米的颜色都变了。就连壁橱里的灰尘也是常有的了。

女儿夜里又开始哭闹。比起女儿的哭声，更让我明白了一点：粗言秽语地骂女儿、想捂住女儿嘴巴和鼻子的自己，今后将要面临什么样的漫漫长日。我痛心疾首地想回到以前的日子，可是既回不去，也躲不掉了。我不知道这一切到底是自己造成的，还是什么人的阴谋。迄今为止不曾看到的，正是自己这个残酷的样子。

"金鱼死了！金鱼死了！"

有天早晨，女儿的喊声把我叫醒了。一看表，已经快到起床的时间。我不情愿地起了床，女儿拉着我的手来到厨房。

"妈妈，在那儿。你看，那里。"

女儿的脸颊因兴奋涨得通红。我走近女儿手指的地方，她战战兢兢地跟在我后面。因为地板是红色的，掉在上面的金鱼并不显眼。只见我们用来做鱼缸的塑料脸盆旁边，一条小金鱼横躺在早晨的阳光里。脸盆里的水不再有金鱼的游动，变回了寂静无声。

那是夏天去神社的庙会时带回来的金鱼。我们把它放到了脸盆里，没想到它游得很欢。我想，照这架势，也许能活个把月吧，于是买来了颗粒状的鱼食，和女儿有一搭没一搭地喂它。这条金鱼是我们在这间屋子里养的第一个动物。果然，它活了一个多月。只是没想到它会跳出脸盆死掉。

我把金鱼放在手心，伸到女儿面前。金鱼的身体还是软的。

"结果还是死了。来，你摸摸看。"

女儿睁大了眼睛，嘴巴也张着，她伸出右手的食指戳了戳金鱼。

"不动了……好凉啊……"

女儿的胆子大了起来，像是被挠了痒痒似的一边笑，一边揪了揪金鱼的背鳍，又用指甲敲了敲金鱼的脑袋。

"死了就会变成这个样子哦。人也是一样。这条金鱼不知道自己会死，就这么跳到了脸盆外面。"

"真傻！这金鱼。"

女儿似乎很高兴地笑着说。

"你不觉得它可怜吗？"

"不觉得。"

"这死掉的金鱼，怎么办呢？索性咱们把它吃了吧。"

"不行！"女儿吓了一跳，大声喊道。

我憋着不笑出声来，接着说：

"当然，不能就这么吃，要用酱油煮一煮，没准还很好吃呢。"

"那也不行。我才不要吃金鱼。快扔了吧。"

"是吗？真可惜。那就扔了？明明很好吃的样子。"

"快扔了！"

我把金鱼扔进洗碗池的垃圾袋里，然后抱起女儿，让她看了看扔在那里的金鱼。

"一动都不动呀。"

"那当然了。已经死了呀，死了就是垃圾。你要是死了，也会变成这样，所以不能死哦，明白吗？"

女儿笑着点了点头。

这么做多少能让女儿离死亡远一点儿了吧。我恋恋不舍地看着那条死金鱼。

这事不久后的一天，结束工作正要离开的时候，我接到了幼儿园的电话。负责照看女儿的年轻老师焦急地告诉我，藤野把女儿从幼儿园接走了。

"我还没反应过来是怎么回事呢！他就是很自然地来接孩子的感觉，因为之前也见过面，我就想：'啊，今天是爸爸来接啊。'没当回事，就让他把孩子接走了。不要紧吧？我觉得还是跟您说一下的好……"

"他没说带孩子去哪儿吗？"我没好气地问。

我知道该来的终于来了，感觉自己都有点儿站不起来了。

"是的，他没说。还是不该把孩子……"

"大概是几点接走的？"

"……也就十几分钟前吧。这下可麻烦了。不过，您事先也没跟我们说清楚，否则就不会发生这样的事了。"

"你问我一声不就完了吗？为什么把孩子给他之前不给我打个电话呢？"

"我们怎么知道要这样？我们又不是只看您一个孩子呀。"

"这点道理我当然明白。但是……算了，我现在马上就回去。你们那边有什么消息，请往我家里打电话吧。"

放下电话，发现上司铃井一直在盯着我，我朝他点了下头，顾不上收拾好桌子上的借阅卡就跑出了图书馆。本想叫辆出租车，考虑到这个时间段也许坐电车更快，便跑下了去往车站的台阶。上了电车，浑身还在抖个不停。

三十分钟后，我回到了住处。打开门，屋里空无一人，这才意识到，我再怎么心急火燎地赶回这间屋子，也不可能离女儿更近一步。这间屋子不会告诉我藤野会把女儿带到哪里去。可现在去幼儿园也无济于事，满大街找也不可能知道她的行踪。只能在这屋子里死等着。我连藤野现在住哪儿都不知道。好像他是寄人篱下，住在哪个女人那里，但我也不确定。自从跟我分居以后，藤野已经换了两次住处，这是他自己告诉我的。

我精神恍惚地坐在餐桌前等着。无法思考，无法做任何事，包括诅咒藤野，因为女儿被夺走而感到悲伤，这些都没有。时间静止了，虽然睁着眼睛，但意识已经消失。也许就那样一直等了好几天、好几年。

响起一阵敲门声，把我拽回到现实中。我以雪崩突发之势冲向门口，用力打开了门。

"妈妈！我回来啦！爸爸来了，我和爸爸去散步了。"

女儿兴奋地嚷着，向我扑了过来。我一个趔趄靠在墙上，一把抱住了女儿。女儿太耀眼了，整个身体都在发光。那光过于炫目，模糊了周围的一切。我让女儿站到我身后，看了眼门口，那里有个黑影。

"啊呀，多亏今天是个好天，真不错！欸，你这是干吗？没必要那么严肃吧？我这不是把孩子给你带回来了吗？"

我走近那黑影，用尽浑身的力气扇了他一个耳光，从手掌感受到了藤野的体温。那脸颊好温暖。我瞪着瞠目结舌地呆立在那儿的藤野，眼里涌出了果汁般的泪水。

不等藤野开口，我急忙关上门，上了锁。我无法回头，女儿正悄无声息地站在我身后。我对着门口，强忍着不哭出声来。藤野敲了一会儿门，最后，好像用脚踹了门，在发出一声巨响之后，"咚咚咚"地下楼走了。身后还是悄无声息，我想快点抱抱女儿，可是止不住自己的泪水。

不知在门上靠了多久，女儿走近我，抱住我的腰小声地问：

"妈妈……你在看什么？爸爸已经走了呀。"

我点点头，转过身来，回到屋里。走到洗碗池前，我抓住女儿抱着我的手，让她站在我面前。我用毛巾擦了脸，擤了鼻子，把女儿抱了起来。

"……头、头疼……好像在哪儿撞了头。"

女儿扭过脸去不看我，像是自言自语地说。

"是吗……那我们来念咒语吧。疼、疼，快走开！"

我声音颤抖着，念起了孩子们做游戏时说的咒语，女儿瞟了一眼我的嘴角。

第二天傍晚，幼儿园园长把我叫住，苦口婆心地说："你们现在这种不明不白的状态，对孩子来说是最难受的。哪怕是为了孩子，不管是什么结果，还是尽快有个结论的好。你现在不让父亲带走孩子，万一把她父亲逼急了，做出什么过激行为来，我们这儿都是女的，那真是一点儿办法也没有。法律也没规定不让父亲来接孩子。作为孩子的妈妈，你到底是怎么想的？也许你有你的难言之隐，可是有些情况我们如果事先不了解的话，怎么能放心地收留你的孩子呢？好在现在孩子还没有受到特别明显的影响……"

我告诉园长，我想正式离婚，自己带孩子。孩子的父亲也许会同意。但我还没想好以什么方式让他们父女见面。她父亲希望在他想见孩子的时候随时都能见，可是我不同意。既然他随时想见孩子，那为什么不能继续和我们母女俩生活在一起呢？

园长问我："你是现在不想让他见孩子对吧？"

我点了点头。不管将来怎样，至少现在我不想让他碰孩子……我希望他不要来碰孩子，但对孩子来说，是不是有必要让她跟她父亲继续见面呢？

园长回答我说，每个家庭的情况不一样，不好一概而论。一般来说，不让孩子见离开家的父母一方，似乎对孩子更好些。但也不是说绝对不能见，只是说这种做法相对比较妥当。

"是这样啊？"我沮丧极了，垂下了头。

"你不想再和他重新生活在一起了，是吧？"园长站起来，最后又问了一遍我的想法。

我点点头。园长说："明白了。孩子现在在你这儿，我们会尽力协助母亲。请你也振作起来，好好带这个孩子。为了孩子，拜托了。"

我怎么想也想不明白，扇藤野耳光那天和女儿夜里哭闹的那段时间，会有什么关联。但不管怎么说，不可能毫无关系。

梦见女儿的"死"之后又过了几天。夜里，我像抱婴儿那样，让哭个不停的女儿横躺在自己的双膝上，然后从前胸到肚子画着圈地抚摸她，嘴里念起"咒语"来。

"让噩梦消失吧。让可怕的梦远离这个孩子。我们是好孩子，让我们只做美好的梦吧。拜托了……让噩梦现在就消失吧。让可怕的梦远离这个孩子。我们是好孩子，让我们只做美好的梦，只做快乐的梦吧。让我们梦见鲜花遍地盛开，梦见我们穿着漂亮的衣服翩翩起舞。"

女儿不哭了，露出微笑，竖起耳朵听我念着。那微笑给了我力量，我念得更起劲了。

沙　丘

才两个小时左右，施工就结束了。没想到这么快。虽然自己也说不清为什么要那么做，但我还是很客气地低头谢了那两个正要离开的年轻工人，目送他们走了。回过头来一看，房间所有的窗户都严严实实地罩上了全新的淡蓝色丝网。

"屋子变成蓝色的了。看不见外面啦。"

女儿就像刚搬进这间屋子时那样，满厨房乱跑着说。

"那有什么办法呀。不过也不是什么都看不见。这就不错了。"

我看着窗外回答女儿。那淡蓝色的网，仿佛让我们置身于浓雾之中。

大约十天前，邻居点心店的老人骂到我们这儿来了。那天，我用罐装肉酱做了意面，本想和女儿一起吃，可她自己还不太会吃，我就只好先喂她。等她吃完，我再准备吃自己那份。一天当中，这是我最期待的时刻。五点左右就开始折磨我的饥饿感很快能得到满足，我在其中感受到再单纯不过的喜悦。不过，我总是吃得很快，那份喜悦也转瞬即逝。

这时候会是谁呢？我有点儿不耐烦地开了门，发现门外站着的是邻居家老人，便放心地笑了，以为他给我带什么好消息来了。尽管这老人总是板着个脸，不太好相处的样子，但我觉得不会是狭隘之人吧。每次见到老人时，我都客气地和他打招呼。搬来那天，主动告诉我怎么扔垃圾的也是这位老人。当他听我说起只有我们母女俩住在这儿时，还对我讲："那你们要是感觉有什么不方便的，尽管来问我吧。"从那以后，我对老人更客气了。我想自己不至于给他留下什么坏印象吧。

可是，那天夜里，老人一看到我，就怒不可遏地尖着嗓子责备起我来。我一时没反应过来老人在说什么，呆呆地看着他那张苍白的脸。这副样子似乎更激怒了老人，他挥舞着拳头吼了起来。

"你装什么傻呀？别以为我们老了就欺负我们。装不知道，想蒙我们是吗？没门儿！把别人家搞得乱七八糟的，还摆出这副面孔！"

我终于反应过来了。从入夏开始，女儿就不时地往老人家的屋顶扔东西。我发现她那么做的时候都会说她，平时也留意不让她一个人靠近窗口，可一个人看着难免会有疏漏。多少也有点儿拿她没办法，觉得过不了多久，她的注意力也许就转到别的事情上去了，所以也就睁一只眼闭一只眼了。事实上，入秋以后，窗户不再总是大敞四开的了，女儿好像也不再往窗外扔东西了。

"这孩子又扔什么了吗？"

"是啊。你终于承认了。"

我还是没能理解老人的愤怒，急忙转身走到厨房的窗前，打开窗户朝下望去。虽说因为天黑看不清楚，但的确落在屋顶上的东西又多了很多。我正想定睛看看屋顶是不是被砸出了洞，这时，老人也进了屋，往下看自己家的房顶。

"啊，这也太过分了……"

"对不起，我还一直留意来着。"

"留意？扔下去那么多东西，你还说你一直在留意？"

"实在是对不起。"

"你以为道歉就没事了？"

"……对不起。"

"你是不是觉得那么破的房子，有什么可大惊小怪的？可你要知道，那里安静地住着两个老东西。我老伴儿好好睡在床上，时不时就会有莫名其妙的声音像打雷似的落下来，吓得她根本睡不着。雨漏得也很厉害……只是修个屋顶都会要我们的老命啊。你还是下去看看吧，我老伴儿等着呢。"

我把女儿从椅子上抱起来，小声跟她说："咱们过一会儿再吃饭，妈妈有件重要的事要做，你听话哦。"老人就在一旁看着。说完，我穿上了凉鞋。

老人那瘦小的妻子站在昏暗的店门前，她穿着一件宽袖棉袍。我深深地鞠了个躬表示歉意。毫无辩解的余地，的确是我的疏忽。我只关注到往下扔东西的女儿，压根没想过有人会因为那来自头顶的声音而震惊和害怕。我还因为那是黑瓦屋顶，不是人来人往的道路而感到庆幸呢。

老夫妇你一言我一语地向我诉说起来。

说因为屋顶漏雨，晚上睡着睡着就不得不挪被褥；说刚开始还以为是遭到了什么天灾，吓得甚至想找个地方去避避难，可想归想，毕竟都是老朽之人，能忍就忍了；还说真想让我们母女俩也听听那可怕的声响。

两人越说越激动，我不停地低头道歉，还摁着女儿的头，让她也跟我一起道歉。我对他们说由我来出屋顶的修理费，其他有什么要求，只要他们提出来，我一定尽力而为。

可是，老夫妇根本不听我说的话，还是争先恐后地高声数落。我沉默着，做好了接受任何谴责的准备。能让老夫妇平静下来的，既不是修理费，也不是我诚恳的道歉。我想，我现在站在这儿，让他俩劈头盖脸地骂个够，也许就是对他们的补偿吧。我悲从中来，盯着脚下的地面想，什么时候才能回到房间，继续吃我的晚饭呢。

老人说："……也不知道都扔了些什么，不可能是这么小的孩子一个人干的吧。"

"都怪在孩子身上，其实就是她自己扔的。"

"这个女人很有可能干出这种事来。"

"我们心里跟明镜似的。早晚得出点儿什么事。没着火还真是万幸。"

"正经女人，谁会一个人租那样的房子……"

就当没听见，就当没听见。我在对自己这么说。可还是忍不住回了一句。

"'怪在孩子身上'是什么意思？"

老人回答："难道不是你和孩子一起扔的吗？"

也许我该保持沉默，可是有句话让我不吐不快。

"你觉得有那么做事的父母吗？"

"什么样的父母都有。"老人的妻子说。

"你怎么能这么说呢？"

就在那一瞬间，我完全丧失了自制力。喘不上气来，眼前一片模糊。明知不该说，可是嘴巴已经动了起来，连我自己都不知道说了些什么。"我知道，孩子的所作所为，都是父母的责任。我也真心为此感到抱歉。但是，我没有和孩子一起扔东西，说没扔就是没扔，我不是做那种事的父母。怎么说你们才能相信呢？"我的声音急促，诉说了一通。

"欸，你冷静一下好不好？"

耳边响起老人惊讶的声音。我垂下头，感到精疲力竭。

"真让人没办法啊，你这个人……总之，要是再把我们的屋顶给弄漏了可就麻烦了，得把你住的窗户安上铁丝网。今天我已经去找了房东藤野女士交涉这事，明天还准备去一下。无论如何也要安上。什么也不用你做，你知道这事就行了。"

"我只是个租房子的，随你们便吧……"

我小声地回了他们一句，转身往回走。他们呆呆地目送我离开。走在回四楼的楼梯上，想象着被铁丝网罩上的黑乎乎的房间，我不禁想："不会吧？"

"好吓人啊……"

一直抱在怀里的女儿，叹着气嘟囔了这么一句。我点了点头。突然一股委屈涌上心头，我放声哭了起来。

"妈妈……没事吧？好孩子，不哭。"

这是我平时总跟女儿说的话。我冲她不住地点头。

"真不该为这点事哭的，是吧？……不过，妈妈求你了，可千万别再往窗外扔东西了，好吗？"

女儿点了点头。我抬头一看，只见房门大敞着，屋里的灯光把门外的地面照出了一个三角形。我想，即便如此，我也是个母亲。不管做过多少愚蠢的事情，我都愿意相信自己从未轻视过自己。我希望那两位老人也能相信这一点。可是，我能做的只是冲着老人尖声喊叫。连你们也不相信我，我为自己这任性的失望感到一阵眩晕。

大约过了一个星期，我收到了负责管理公寓事务的房屋中介的电话。说是经过各方面的讨论，为了防止发生事故，决定给窗户罩上网，希望施工那天我能待在家，还补充说是尼龙网，不会影响视野。

"安在哪扇窗户上？"

房屋中介回答，除了厨房和卫生间，大点儿的窗户都要安。

周六下午，施工开始了。

那天深夜，姓河内的男人突然打来了电话。他说他在车站，有话要跟我说，问能不能到我家里来。我连想都没想就回答没问题。河内以这种形式到访，让我感觉再自然不过了。倒不如说，我等河内早已经等得不耐烦了。

有个在广播电视台工作的年轻女事务员经常来图书馆，她曾邀请我和女儿去她家吃寿司。十平方米左右的房间带一个不足五平方米的小厨房。和我那杂乱的房间比起来，她的房间收拾得整整齐齐，甚至让人感到冷清。那天晚上，我在她家一边喝着啤酒，一边听她讲自己是如何被卷入工会复杂的人际关系中的。不一会儿，犯困的女儿开始哭闹起来。她说："正喝得开心呢，要不你们就在我这儿住下吧。"一想到不用背着女儿回去，我心里顿时轻松了，把那天带去的威士忌也打开喝了起来。

和藤野分居后，我们就变得熟络起来了。她比我小两三岁。随着聊天内容的深入，得知她这几年一直在和一个已婚男人交往。当了解了我的现状时，她显得有点儿沮丧："难怪我早就注意到你呢，真的，还以为你是个普通人呢。"

"我就是这么不普通。"我笑着回她。

"不普通。你和我至少现在都不普通。所以我们才会交往起来的。"

那天夜里，久违的夜不归宿让我兴奋不已，一边漫无边际地跟她闲聊，一边痛快地喝着威士忌。

让我始料不及的是，躺在榻榻米上昏昏欲睡的时候，和她交往的那个男人出现了。我吃了一惊，赶紧坐了起来。"我也有我的安排，你这不是难为我吗？"她虽然嘴上责备着那个男人，但丝毫没有要为了我而赶他走的意思。

"我们已经喝得差不多了。来，喝点儿吧。你不多喝点儿可追不上我们哦。跟家里打过招呼了吗？要是还没有，可以用我这儿的电话。"

那男人没吭声，笑容满面地喝起威士忌来。

我想我得带女儿回去了。既然这个男的来了，我必须尽快撤出。可是，我站不起来了，想挪动一下身体都感到很吃力。明明是我先来的，为什么得我走啊？我心里有点儿较起真来。她颇为神经质地在我和那个男人之间周旋，看上去还是更希望我离开。对此，我又不能装作没看出来。

那个男人被她哄着不停地喝威士忌，很快也变得醉醺醺的。对我还是一副和蔼可亲的笑脸，对她则动手动脚起来。一会儿摸摸她的胸，一会儿又摸摸她的腿，在我面前做出极尽挑逗的动作。他不会以为我是在羡慕他的女友吧？我感到很不舒服，头也疼了起来。

"我用一下电话啊。"

我站起来说。

"好啊。可都这个时候了，你打给谁呀？"

我尽量让语气显得轻松地说："当然是打给我的恋人了，那还用问吗？"

"呦……是吗？"

她好奇地盯着我。那男人笑出了声，把她搂到了怀里。

我从包里掏出记事本，翻到记有联系方式的那几页。管它是谁的号码呢，反正我得拨号。我的手指在抖，在一页上看到了河内的名字。这人在女儿的幼儿园任家长会的会长。前几天，他问我为什么总是不参加家长例会，让我什么时候去他家一趟，说要坦诚地跟我聊聊。当时他一边说着，一边在我的记事本上写下了他的电话号码。

给他打的话，应该不至于节外生枝吧。这么想着，我开始拨河内写下的那个很难辨认的电话号码。呼出音只响了两三声，河内本人便接了电话。

我一边在意着身后那两个人，一边尽可能小声地说：

"喂，是我。我是藤野……是河内吧？"

河内不慌不忙地回答：

"是的……藤野女士……请问，是哪位藤野女士？"

"你在家，真是太好了。我现在想去你那儿，可以吗？我现在在朋友这儿呢。"

我回头看了一眼身后那两人，男人正低着头嚼鱿鱼丝。

"我们几天没见了吧。我这就过去啊。大概十分钟，你等着我啊。"

我放下话筒，抱起熟睡的女儿，对她说：

"那我就告辞了。"

"不要紧吧？你可醉得不轻啊。"

她满腹狐疑地起身要送我。

"这算什么呀？夜生活才刚刚开始呢。"

那个男人大声地笑了。我也回笑了一下，便出了门。身体微微出汗，被外面的凉气一吹，感觉很舒服。走着走着，突然胃里翻江倒海，就那么抱着女儿蹲在了路边。

从那天起，一想到知道我说谎的只有河内，我的视线就再也离不开河内了。我不可能轻易放过总会让我想起那尴尬一刻的河内。可实际上，每当在幼儿园遇到河内，我都会心虚地逃掉。

我在电话里告诉河内我的住处怎么走，心情充满期待，声音都变欢快了。赶在河内进门之前，我换下了睡衣，在不到十平方米的房间里准备好了杯子和威士忌。然后跑下楼梯，打开一楼的卷帘门迎接河内。

"对不起，让您特意跑一趟。是这幢楼的四楼，您先上吧。"

请他在房间里坐下之后，我才注意到还没准备水和冰块，便又进了厨房。河内像我迎他进屋时说的那样，盘腿坐下，抽起烟来。

"一直以来受到您的关照，而我什么都没做……毕竟家里什么事都得我一个人弄，房间也乱成这样……不过，您夫人光孩子学校的事就够她忙的了吧，真了不起……"

我一边取冰箱里的冰块，一边跟河内聊着。河内笑着打量起晾着衣物的房间。

"你们真是一对让人羡慕的模范夫妻……幼儿园扩建庭院的预算批下来了，取暖设备也更新了，这些都多亏了河内先生您。"

我右手拿着盛冰块的盘子，左手拎着水壶，从厨房回来。可是，想脱却没脱掉的拖鞋绊住脚，手里的冰块撒了一地。

"好烦啊，我这人做什么都做不好。"

我边说边蹲下身去，往盘子里一个个地捡冰块。撒了整整两个制冰盒的冰块，没法迅速全部捡起来。有的冰块被甩出去很远，我的手指尖也被冰得有点儿失去知觉，于是，那小小的四方形冰块，越着急越捡不起来。

抬头看了一眼河内，只见他正一边吸着烟，一边茫然地看着我。想到自己在河内眼中的样子，我"嗖"地一下站了起来，好不容易捡起来的冰块又撒了一地。

"我说你在看什么呢？难道你想不到帮我捡捡吗？也太不把人当回事了吧。你给我出去！被我奉承得挺得意是吧？开什么玩笑！捡个冰块有那么难吗？你到这儿干什么来了？"

河内一脸不快地站起来，默不作声地走向门口。

我不知所措地看着正要走出房间的河内。我是想说点儿别的来着，压根就没打算提冰块之类的。这个男人为什么会来我这儿？我追了上去，拽住了他的胳膊。河内转过身来，我紧紧地抱住了他。

"别就这么走了，求你了……"

早晨醒来的时候，已经不见了河内的踪影。不赶紧起床的话，上班就要迟到了。我从和河内一起过夜的房间来到女儿睡觉的屋子，在女儿身边躺下了。女儿翻了个身，背对着我。我闭上眼，又昏睡过去。

有人在敲门。女儿起来去开了门。我用被子蒙上头，继续睡。

"是老师！妈妈，老师来了！"

女儿尖声叫着，摇我的头。

"好烦啊！老师？什么老师呀？"

我揉着眼睛，瞥了一眼门口。那里站着女儿幼儿园的保育员。

"您还睡着呢？出什么事了吗？"

保育员红着脸，语速很快。

"最近你们经常迟到，今天早晨也一直等你们来着。您不跟我们打声招呼，园长也很担心……今天您休息是吗？"

"不休。我这就……"

"是这样啊……那我把孩子带走吧。虽然不知道您几点上班，但是希望您能遵守幼儿园送孩子的时间。拜托了，这对孩子来说很重要……今天跟老师去幼儿园吧，小朋友们已经在吃十点钟的点心咯。"

我们两个人一起急急忙忙地给女儿穿好衣服，女儿蹦蹦跳跳地出门了。我插上门栓，往图书馆打了个电话。窗户上那层网使房间看上去蓝晃晃的，显得很狭窄。我突然想到了"蝈蝈笼"。之前就总觉得这房间变得像个什么东西，但就是想不起这个词。我又钻进了和河内睡过的被窝，感觉里面还留有河内的味道。

盯着覆盖住窗户的尼龙网，看着看着，又睡着了。

睡梦中，我闯入了沙丘迷了路。风大得连眼睛都睁不开。沙子不停地拍打全身，尽管视线所及只有四周的沙子，但我还是被那沙丘之大所折服。风势告诉我，无垠的沙丘是多么广袤，凄厉的风声响彻了远近。

脚下的沙子在流淌。其他没什么可看的，于是我开始注意沙子的走向。即使是强风所致，沙子能流淌得如此之快，还是让人感到奇妙。沙子卷起旋涡，眼看着鼓起了一个大圆球，随即把裹挟在其中的一个小小的白色物体留下，然后迅速坍塌，随风而去。留下的那东西，像是刚刚出生的婴儿的脑袋。我正想弯下腰去仔细看看到底是什么，又是一阵大风袭来。沙子把脸打得生疼，我不由得抬手挡住了脸。脚下响起了高亢清脆的声音，"依依依噜呜呜"。

风向变了以后，我开始在脚下寻找刚才的"脑袋"。被风卷起的沙子形成一个个旋涡，在平坦的沙丘上不断流淌，扩散开来。

不远处又传来了"依依依噜呜呜"的声音。这回我听出来了，那不是风声。背后也传来了。那声音垂直上升，渐渐消失。我这才意识到，整个沙丘都被那声音笼罩了。

"那是孩子发出的声音吗？"

我也不知道我在问谁。有个男人的声音回答我：

"那是在强风日子里，从沙子中诞生的孩子们。所以他们只会发出那样的叫声。就那么一直喊着，喊到死为止。他们既离不开这里，也不为人所知。"

"不痛苦吗？"

"那些孩子们，只是在喊而已。"

"很好听的声音啊。"

我轻轻地回了一句，深深地吸了口气。

红 光

醒来的那一瞬间，我以为自己又睡过头了，袭来一阵极度的失望。这次的懒觉，是无论如何也不会被原谅的了。我都能感觉到上司的那双眯眯眼，还有女儿幼儿园的老师们的眼睛在盯着我。

颤抖着要起身时，才发现我的右肩贴着一张柔软的面颊，一个青年正酣睡着。躺在我左侧的女儿，一只胳膊搭在我的肚子上，也正熟睡着。我们三个人的腿都伸进了桌被。

关小了音量的电视声音回荡在昏暗的房间里，远处传来轻快的沸水翻腾声。我想起早晨一直在厨房烧开水，给室内加温来着。前一天晚上下的雨使气温骤然下降，但还没冷到马上得用煤气炉取暖的地步。虽然是个晴天，可我丝毫没有带女儿出门的想法。待在一整天都需要电灯照明的昏暗屋子里，又觉得有点儿辜负这难得的星期天。午后，丈夫的学生杉山来的时候，我比女儿还要欣喜、兴奋。

我抬起左手，摸了摸杉山那散发着洗发水香味的头发，又闭上了眼睛。再一睁眼，之前的不安烟消云散，讨厌的梦境也消失了。这种喜悦也是实实在在的，充实而幸福。想睡多久就睡多久，没人会责备现在的自己。我又想起自己刚才做的那个梦。

我站在一片黑暗当中。那黑色的东西，像是柔软的泥。可以看见地平线。脚下的黑泥一望无际，感觉即使走上几天，视野也不会有任何改变。飞机，那是飞机吧，我是坐飞机来到这里的。

一点一点地，想起了梦中自己的活动轨迹。梦的开始，是一间屋子。有二三十个人，在一间昏暗的、顶棚很高的屋子里。横着摆了一张长桌，四五人一组轮流坐下，摆出随心所欲的姿态，有点儿像医院里的候诊室。有一扇很大的镶着透明玻璃的窗户，借着从那儿射进屋子的模糊光线，只能看见每个人灰色的影子。可是，他们又都像是我的熟人。

这时，一则通知被传达到这间屋子。说是有个失踪者已无生命体征。我感到一股身体正在溶化般的悲伤。屋子里很静。只见影子们发出的哀叹先是像烟雾一样弥漫在青白色的房间里，随后卷起了缓慢的旋涡。

我来到屋外。感觉有件事情要马上去办。于是，我发现自己进了一个小小的交通工具。我握住方向盘，踩了油门。交通工具无声无息地从地面升到一米左右的高度后，以意想不到的速度开始滑行。"原来是架飞机呀。"我兴奋起来，飞机在不断地加速，而且在升到一定高度后就不再上升了。狭窄道路两侧茂密的树枝遮住了阳光，仿佛穿行在隧道里。我手忙脚乱地左右调整着方向盘，继续飞行在弯弯曲曲的路上。树干迎面袭来，瞬间又被甩在身后。

突然，飞进了一片黑暗之中。开始时，飞机的速度没变，径直行进着。渐渐地，飞机输给了泥的阻力，不管我怎么踩油门，也不管怎么操纵机体，都再也无法升回减下来的速度。终于，机体的一半被埋在了泥里，飞机动不了了。

这时，我才意识到我一直在寻找那个失去生命体征的人。说是"寻找"，其实是与那个生命休戚与共。原来，我是在这儿死的啊，环顾了一下四周，飞机已经消失在泥里了。这里除了黑泥，什么也没有。我努力地想，自己为什么要尽可能地靠近那个人呢？一定是有所求吧。那个人到底是谁？那个人肯定在这片泥泞的什么地方，正注视着我……

那个周日，杉山是第二次来我这儿。我和丈夫藤野一起生活的四年里，他每年要来两三次。杉山是藤野的学生。藤野当学生的时候，曾给杉山做过两年家庭教师。我还清楚地记得杉山高中生时的样子。他肤色白皙，虽然胖墩墩的，身体却很羸弱，胆子也很小，是个不敢与人对视的差生。藤野那时候一直发牢骚说，就杉山那德行，无论当大学教授的父母花多少钱让他上名校，都简直是胡闹。杉山沉默寡言，总是耷拉着脑袋。不管藤野的言辞多么粗鲁，他也只是羞怯地微笑着点头。成绩再不好，形象再不堪，也没必要那么卑躬屈膝吧？我为那样的杉山感到焦躁，所以总想庇护着，让他别那么卑屈。每当听到我开的玩笑，杉山就会露出他那个年龄特有的无邪笑脸，而我也会很开心。

杉山复读了一年以后，进了一所我连名字都没有听说过的、刚建校不久的私立大学。上了一年左右，他跟藤野说老师讲得太难，他跟不上，觉得学费交得可惜，不想学了，想去工作。藤野当时大声笑他"是个无可救药的家伙"，杉山涨红了脸，低下了头。那天，我生拉硬拽地邀杉山去看了场电影。他二十岁的时候，身体就像幼儿似的，软乎乎、圆滚滚，二十三岁时也没变，平时总是缩着肩，两眼不离地面。和藤野分居搬家的时候，我给杉山也发了一张明信片，把新住址告诉他了。

第一次来我的新住处时，杉山似乎并没意识到藤野已经从我的生活中淡出了。他给我女儿买来了兔子毛绒玩具，还应女儿的要求，让她骑在他肩膀上在屋子里转圈，给她表演摔跤的动作。他还带女儿去了附近的儿童公园。杉山要回去的时候，女儿紧拉着他的手，要跟他一起走。当我不顾女儿的哭闹把她抱过来时，杉山也是又哭又笑。

杉山临走时，我告诉他我已经不和藤野生活在一起了，现在只有我和女儿两个人，希望他随时来玩，这是发自内心的希望。

杉山很认真地点了点头。虽然我说得恳切，但其实并没抱多大期望。和以前不同，我当然知道没了丈夫的自己，自然就成了那些想过健全生活的男性敬而远之的对象。一周后的那个周日，我已经把杉山忘得一干二净了。

可是那天，杉山抱着超市的大纸袋，冒着雨来了。开门看见他的那一瞬间，我不由得发出惨叫般的声音招呼女儿。

"快，是哥哥！是上次来的哥哥，快来啊！"

杉山买来了白菜、菠菜和鸡肉。女儿左右不离地缠着他，我也不停跟他搭话，杉山满脸紧张地做起饭来。他做的是炖鸡肉，但看上去很像炖牛肉。我们仨咬着杉山买来的法式面包吃了起来。那炖鸡肉好吃到让人忍不住笑出声来。杉山的那张脸总让我忍俊不禁，我居然吃了三盘。女儿也吃得额头直冒汗，让我给她的小碗里添了好几次。

吃光了一大锅炖鸡肉，我们开始犯困了。电视看着看着，三个人都躺平了。女儿咬着桌被的一角，很快睡着了。我起身把电视机的声音关小，把屋里的灯也关了，又躺回到女儿和杉山中间。

"好了，让我们一起睡个午觉吧……"

杉山冲我笑了，那笑脸和上高中时一模一样。我忽然转过身，抱住了杉山胖胖的身体，把头埋在他怀里。

"好软啊，跟云似的……"

"因为我胖吧……"

杉山不好意思地说。

"好舒服啊。我听见你心跳的声音了……你知道吗？人的心脏在身体里最早长出来……最开始是心脏，然后才是头和脊背。"

"……是那样啊。"

"是的，没错……你也听听？"

杉山点点头，把耳朵贴在我胸前。

"听见了吗？"

"嗯，听见了……"

"心跳声是一样的吧……"

杉山和我都不再出声。我闭上眼睛，侧耳倾听自己那被杉山听到的心跳声，听着听着，就睡着了。

傍晚时分，我和女儿去车站送杉山，顺便去了附近的书店，给女儿买了不少适合幼儿阅读的带附录的杂志。幼儿园老师的话犹在耳畔，说女儿趁老师没看见，进了隔壁的婴儿室，差点儿用剪刀把一个婴儿的耳垂剪下来。那天，我被四个当班老师和园长围在中间动弹不得。他们说我女儿总是一个人待在房间的角落里。饭也不好好吃，还总去咬其他孩子，拽他们的头发。总之，我感觉她们就是想让我知道我女儿是个不正常的孩子，有可能杀掉熟睡中的婴儿。好像他们一看见女儿那张脸，就会联想到血泊中的婴儿。女儿的手和脸都沾满了血。

"开什么玩笑？不就是一不小心手里拿着剪刀，去看了看婴儿吗？不就是去摸婴儿脸的时候，手上恰好拿了把剪刀吗？"我在幼儿园的办公室里喊了起来，声音大得连我自己都想捂住耳朵。我还把抓在手里的椅子重重地摔在地板上，但最后还是带着哭腔，深深地鞠躬恳求："这孩子就拜托你们了。"

自从经母亲之手抹去了父亲的存在，女儿的确开始一点一点地变了。可我一直认为，那是她对喜悦变得越发敏感了。女儿变得非常容易感受到喜悦，哪怕是在很小的事情上。也可以说是在贪婪地享受着喜悦。可是，如果这种变化在外人看来，无非是想用剪刀剪碎婴儿、制造血案，对此，我似乎也不得不承认。我想让女儿对喜悦的感受变得更敏锐些，因为我还有许多做得不到位的地方，她经常会哭。只有彻底享受了自己感受到的那些喜悦，她才能在夜里因为精疲力竭而安然入睡。

给女儿买杂志看也是出于这种想法。我觉得即使杂志能带给她的喜悦很有限，但那也是喜悦，我可不想放过。别说杂志了，我还真没给女儿买过什么玩具。以前，女儿的父亲给她买了太多玩具，所以我一直觉得那是父亲该做的事。

抱着装有杂志的纸袋，我们顺路进了家咖啡馆。女儿喝果汁，我喝了杯咖啡。回家的路上要经过过街天桥和信号灯。女儿抓着天桥上的栏杆俯瞰桥下的电车，我在女儿身后一边给她打伞，一边看着伞下那些走过天桥的人们的脚。桥上有处积水，行人都会绕过它。只有一个穿着红色雨鞋的孩子踩了积水，溅起很大的水花，还弄湿了我的鞋。随即传来母亲训斥孩子的声音。

我从伞下看了看那孩子和母亲。那是河内的孩子，比我女儿大两岁。孩子母亲是我在幼儿园常见到的河内的妻子。他们像是去百货公司买东西回来，手里拎着百货公司的购物袋。河内的妻子也认出了我，笑着点了下头。她身后站着河内，他正不知所措地阴沉着脸瞪我。我无视河内妻子的笑脸，脸上堆满冷笑地回瞪了河内。河内的表情发生了戏剧性的变化，腮帮子抖动起来。河内妻子无声地看看我，又看向她丈夫。河内很快将视线从我的脸上移开，牵起孩子的手快步从我面前走了过去。我故意冲他说了句："真奇怪。"河内的妻子回头看了我一眼，满脸的憎恶。

河内在我屋里住过一夜，那是我央求他的。我似乎没有憎恨他的理由，那不过是彼此都应该淡忘的性欲。我把自己脱光了扑向河内，河内笑眯眯地骑到我身上，或是让我骑在他身上，扭动着腰肢。早上醒来时，河内已经不见了踪影。

从那以后，河内再没来过我这儿。他是幼儿园家长会的会长，所以我每周都会在幼儿园见到他一次。每次走近我时，他都跟以前一样热情，提醒我下次一定要参加例会。

要是那时他能对我熟视无睹的话，反倒好了。

看着快步走下过街天桥的河内逐渐远去的背影，我有一种如释重负的感觉。我想这样一来，我俩就谁也不欠谁的了。我终于让河内意识到他自己内心深处的憎恶之情了吧。他不但会憎恨我，也会一直憎恨跟我有过一夜情的愚蠢的自己。

我不知道引诱者与被引诱者哪一方的罪过更大，但我不认为有多大差别。至少，我没有饶恕河内那张怜悯地看着我的笑脸。河内的怜悯之心应该对着他自己。

回大楼住处的路上，我和女儿一路小跑，故意将地上的积水溅起高高的水花，女儿的头发上也溅了黑泥。她大笑着跑到人行道和车道之间的水沟里，里面积满了污水。我快步跑到她前面，使劲踩出了一个大大的水花。女儿一屁股坐在了泥水里，捧腹大笑起来。

我把伞合上，抱起浑身湿透的女儿，淋着雨一步一步地往住处走去。

新的往返幼儿园和图书馆的一周又开始了。

那段时间，我最害怕的就是自己睡过头。有几次，一睁眼已经过了十点，被上司和幼儿园说过好几次。每当被责备的时候，我总是用一副怨恨的眼神瞪着对方，又不是我想睡懒觉才睡过头的。渐渐地，这让我产生了一种想法，是不是只要不睡懒觉，那不管做什么都可以被原谅呢？该如何关注女儿在幼儿园的行为，怎么做才能让藤野答应和我离婚，这些让人烦心的事都被我抛到了脑后，只剩下担心自己再睡过了头。就因为我总睡过头，不但藤野不原谅我，在幼儿园的女儿也被看成是不正常的孩子。作为母亲，我得不到任何人的信任。

早晨起得很早的日子，那一整天，我都过得理直气壮。而迟到的日子里，我把本该对自己生的气都撒到女儿身上，哭丧着脸赶去上班。

有天傍晚，我乘坐的那趟电车轧死了一个人。那天早上我又睡过头了，进图书馆的时候已经快十一点。见我进来，上司铃井站了起来，咂了下嘴。我以为他要说点儿什么，正准备洗耳恭听时，他又坐下了。

"有人卧轨。"听到乘客说这句话的时候，我想起了自己早上迟到的事。我诅咒自己："都怪自己睡过了头，下班回家的时候才会发生这种事。"前三节车厢刚驶入站台，电车就紧急停车了，站台上有人在跑，车厢里寂静无声。

不一会儿，后面车厢里的乘客开始往前面的车厢移动，我也随着人流走到了前面的车厢。车门好像是乘客自行打开的，着急赶路的人和想看热闹的人纷纷下了车。我也要赶时间，马上就到必须去幼儿园接女儿的时间了。可是，我却走近站台上那处越聚越大的人群，停在了一个什么也看不见的地方。我总觉得，不能一副事不关己的样子远离投身于铁轨的那个人。

那个人该是抱着多大的痛苦和哀叹来到了这里。在站台上，他看到了什么？又站了多长时间呢？没有人注意到他，他就一个人站在那里。现在，被他放弃了的，那具被车轮碾压、血迹斑斑的肉体被这么多人凝视着。到底是什么样的痛苦导致他产生那一瞬间的念头？我想知道那是一种什么样的痛苦，特别想知道。

穿着银色制服的消防队员跳下站台，用担架把尸体运走了。我浑身打着寒战，一步一步走进人群。恐惧让我恨不得拔腿就跑，可又觉得那个人在盯着我看，为了回应他，我一步一步地往前挪。

来到了人群的最前排。担架已经撤离，两条铁轨中间凝滞了一摊鲜红的血迹。我强忍着一阵恶心，弯下腰去打量事故现场。发现在五米开外的地方，有一只黄色的女式高跟凉鞋。

这时，电车启动了。我颤抖着双腿，头也不回地逃离了，心想："你到底是谁？"

一个星期过去了，又到了周六的下午。

在幼儿园接了女儿，溜达着走在回住处的路上。我们追了一会儿猫，在一个正在建设中的公寓旁停下脚步，参观了一会儿，还在一家面包店的门口玩了一会儿专为孩子设置的游戏机。

在一处老宅和公寓之间，有一段安静的坡道。人行道上掉了些红透的东西，鲜红得刺眼。我看着那些红点往前走。那是因为熟透了而从树上掉下来的山桐子果实。

抬头望向空中，只见山桐子的红色果实结得像一串串葡萄，它们在碧空中泛着红光。

人行道旁掉落了一片很大的山桐子树叶，女儿把它捡起来扔向了空中。枯叶没怎么飞起来，很快便轻柔地落在了那些果实上。我把它捡起来，再次抛向了空中，碧空深邃而炫目。

身体

　　我比通知上写的时间早到了十分钟左右。有两间相邻的等候室，我进了其中一间，在长椅上坐下。角落里有两个四五十岁的男人，两人腿上放着打开的黑色公文包，谈论着彼此手中的文件。在我身后，坐着一个年轻男人和一个年轻孕妇。男人怀里抱着约莫两岁大的女孩。房间里除了这些人压低了嗓门的话音外，再没有其他声音。

　　这不是我该来的地方，我怎么会在这儿？身处梦境般的我，想准确地记住映入眼帘的这一切。越是那些说变就变，抑或转瞬即逝的场景，其表面给人的印象之中就越是隐藏着什么意想不到的东西。走廊里一响起脚步声，我就屏住呼吸，仰起头来。但藤野并没有出现。"又不是他。"我这么想着，将视线移回等候室里的其他人。

　　如果藤野真的出现在这种地方，我该跟他说些什么，以什么样的表情对他说呢？我茫然地想象着。"不好意思，让你特意跑一趟"——是像这样过于客气地向他低头道歉，还是不无眷恋地笑脸相迎："啊，太好了！我还以为你不来了呢。"

我听见那个抱着女孩的男人在说话。

"……好像孩子大都是让母亲抚养，所以你不用担心。"

男人说这话的时候，女孩发出不高兴的声音，但我听不清说了什么。男人话音刚落，便传来了女人的说话声。

"不过，最后还是要看你怎么想。这个孩子，还有马上要出生的孩子，对我来说是一样的。"

"这我当然知道。到现在为止，这孩子不也一直是我在带吗？"

"所以我才担心呀。疼爱自己的孩子，对男人来说是理所当然的吧。"

"所以我说这孩子也是我的孩子……"

大约两个月前，我来这里提交了离婚调停申请。可是，接到调停通知的时候，我已经把自己做的这件事忘到九霄云外去了，甚至觉得有点儿不可思议，自己怎么会收到这种通知呢。"调停"这个词，我是从图书馆的铃井那里听来的。与其说是听了他的建议，不如说是我自己主动跑到这里来了。可即便如此，当我手里拿到那张明信片时，还是糊里糊涂的。

角落里的那两个男人一起走出等候室后，一个中年妇女出现在门口叫着我的名字，我急忙来到走廊。个子不高的中年女人一边向隔壁的等候室张望，一边对我小声说：

"这下麻烦了，他好像还没来啊。这可怎么办。他没联系您吗？我们这里没有他的任何消息。"

"我也不清楚……对不起。"

我低头道歉。如果此刻藤野出现在走廊，肯定会看到我这副样子。想到这儿，不由得握紧了双手。

"那还是请您先去调停室吧，没准过会儿他就来了。"

"好的。"

我担心在毫无准备的情况下遇到藤野，便走在那女人前面，快步走向为自己安排的房间。走廊的左侧是一排标着号码的房间，右侧是一排等候室。好像是为了避免有分歧的人在同一间等候室里碰面，才设置了那么多等候室。

女人打开房门，我走了进去。阳光透过玻璃窗，洒满了狭小的房间。在一张大桌子的对面，坐着一位老人。叫我过来的中年女人绕到桌子对面，示意我随意坐下，她自己则坐在一把黑色的转椅上。我向那位老人微笑着，在桌前杂乱摆放的椅子中间随便选了一把，坐下了。

"那位，还没到吗？"

老人问。

"是啊，还没到。"

"已经过了五分钟。不守时可真要命。"

"对不起，老师您这么忙。"

听中年女人这么一说，我也不情愿地道了歉。于是，老人对我说：

"对方不来就没法开始。没办法，再等一会儿吧。最长可以等三十分钟。"

"给您添麻烦了。"

"不过，要是三十分钟过了再来也麻烦，因为后面还有人等着呢。"

"老师还在调停那件……"

两人不再看我，有一搭没一搭地聊着。十分钟过去了，女人起身去走廊找藤野，很快又一个人回来了。

"这哪行啊。"

"是啊，怎么回事呢？起码也该打声招呼啊。"

"今天不会来了。不来就提前说声不来了，也就不会白白浪费这么长时间。这种做法是最给人添麻烦的。"

我再次向两人低头道歉。藤野不会来的。到底还是没来。我从一开始就知道，藤野是不会出现在这种地方的。一想到不该出现的藤野要是真的出现了，我便会恐惧到无法呼吸。藤野是铁了心不来了。比眼前的这两个人更确信这点后，我突然感到浑身舒畅。

"在这儿继续等也没什么意思，您愿意的话，可以回等候室等。到时间了我再去叫您。"

我快步回到等候室，坐在椅子上懒散地伸着双腿抽起烟来。五分钟过去了，十分钟过去了，藤野还是没来。我恨不得立刻就离开这座建筑物。

我又被叫回到调停室。

"很遗憾，今天没调停成，今后您还要继续申诉吗？"

我毫不犹豫地点了点头。既然想把藤野叫到这里来，那我只能一直等下去，哪怕这只是个梦。

"是啊，也只能耐心地等下去。对方不会那么轻易来应诉的。有人甚至会拖上一两年呢。那下次您打算定什么时候？"

与两人商量好下次的时间，把它记在记事本上后，我离开了房间。关上门，缓步走出五米开外，便跑了起来。我没法不跑。就是从那天开始，我的双腿开始发抖。

我开始等待来自藤野的联系。我坚信，没去调停室的藤野肯定会把我叫到什么地方去。

圣诞节一过，马上就是年底了。去幼儿园的圣诞老人抚摸了女儿的脑袋，她便一直沉浸在这美好回忆中，期待着新年的到来。女儿现在提到父亲的时候，开始称藤野为"旧爸爸"。这是女儿的智慧，她知道我讨厌她叫藤野"爸爸"。自从找到了"旧爸爸"这个词，女儿便跟我说起留在她脑海里的那些记忆，我未置可否地充耳不闻。女儿就像说着母亲不认识的人那样谈论自己的父亲，说起藤野带她去游乐园玩的事，就像是刚刚去过似的。她还央求我说："妈妈也可以带我去呀，一定要带我去哦。"

图书馆做年终总结的那天，藤野的电话终于来了。我们约好第二天在咖啡馆见面，电话里他没提调停的事。

第二天，也是幼儿园节前的最后一天。早晨，我把女儿送到幼儿园后直接去了美容院，洗头发，做了发型，然后回住处化了妆。犹豫再三，还是换上了和藤野分居后买的衣服。一切准备妥当，我给母亲打了个电话，问她从明晚开始，在新年放假期间可不可以带女儿回她那儿住。母亲答应了，那语气仿佛在说："不来我这儿，你们又能在哪儿过年呢？"

一年前的新年，从二号那天开始，我在母亲那儿住了两个晚上。那是我追随藤野离开母亲后第一次回母亲家住。但那次是为了告诉母亲，我已经和藤野分居了，自己也将要搬家。晚上我把女儿哄睡后，给母亲倒了杯威士忌，吃着母亲做的醋拌鱼脆骨，鼓足勇气开了口。藤野让我无论如何一定要趁新年放假时，把这件事告诉母亲。

我领着女儿回到自己的住处时，藤野说："我还以为你们不回来了呢，还真回来了啊。"在那之后又过了一个多月，藤野便搬了出去。直到我和女儿也找到了新住所，我既没再去母亲那里，也没再给母亲打过电话。

没能很快就找到藤野说的那家咖啡馆，我比约定的时间晚到了一会儿。藤野坐在窗边，见我进来，欠了下身笑了。他一笑就脸红了。我也狼狈地笑着回应他。

不出所料，藤野一开口就嘲笑我用了调停这一招，说那是有值得一争的财产的人才会用的招数，与他这样的穷光蛋没半毛钱关系。他还提醒我别忘了，他连抚养费都付不了。

我点了点头，也向他表明了自己的态度。即便是如他所说，我也想以双方都认可的形式，不留后患地把婚离了。我说这事如果两个人商量着就能办妥，那当然是再好不过了。只是因为自己容易感情用事，如果没有第三者从中调停，两个人的意见很难统一。再来，我是希望能把谈好的事落实到正式的文书上，才想要调停的。我一边为自己的做法辩解着，一边留意观察起藤野指定的这家咖啡馆，想从中捕捉一些藤野目前生活的蛛丝马迹。咖啡馆的椅子是暗红色的仿皮，墙壁上却是明亮的绿色蔓草图案。

被藤野叫到咖啡馆见面，已经有好几次了。不是我住处附近的咖啡馆，就是单位附近的咖啡馆，有时候还不得不在夜里带着困得睁不开眼睛的女儿一起赴约。每次见面都是不欢而散。见面前我想得好好的，这次一定要在承认自己有错的前提下多体谅对方，争取比较自然地解决问题。可每次都事与愿违，总是会因为对方不经意的一句话就乱了方寸。思路一旦受挫，便只剩下了在两人的感情纠葛中该如何保全自己的念头。于是，藤野就会感慨咒骂："你怎么会变成这个样子？我以前认识的那个女人到底是谁？"而我便不再说话。

那天也是如此。一听到我提正式文书，藤野又立马冲动起来："难道你就那么不相信我吗？"我预感到这次见面又会是同样的结果。藤野接着说道："你不是更让人无法相信吗？居然还申请了调停。我要是在他们面前说你这个母亲当得有多糟糕，对了，我要是告诉他们，连我的学生杉山那种人你都在勾引，你想过会是什么结果吗？孩子会判给我吧。"

他怎么连杉山的事都知道？我浑身颤抖着回答他：

"咱们好好商量，要真是那样的结果，我也没办法。"

"你不总是担心我会从你手里夺走孩子吗？"

"对，你说得没错。可你不也是那么想的吗？但是，要是你来抚养孩子，打算在哪儿抚养、怎么养，这你不能不告诉我。"

"你不是也什么都没告诉我吗？"

藤野和我都开始变脸了。

"你还想让我告诉你什么呀？我们母女俩一直过着你了解的那种生活，没有任何变化。连早晨起床的时间和送女儿去幼儿园的时间都没变。变的是……"

我闭上了嘴。

"……是你吧。"

我摇了摇头。

"……总之，事实就是我无法抚养孩子。孩子可以跟你。别说抚养费了，我连以前问你借的钱都还不上，只能是你说怎么办就怎么办了。但我不能原谅你这种乘人之危的做法。但凡我可以，我也想抚养女儿。我为自己的无能感到懊恼，你是无法理解我的心情的……所以，至少能一起……"

藤野的脸扭曲着哽咽起来。看这架势，又要重蹈覆辙，我强忍着身体的虚脱感，把话说出了口。

"我何尝不想呢？前几天过圣诞节的时候，我还一门心思地想，要是咱们一家三口能一起过该多好……"

"哼……明明是你不想跟我在一起，别装了。事到如今，却说出那种话来。"

那一瞬间，藤野一定恨透了我。

为了过圣诞节，我从壁橱里找出那棵小小的人造圣诞树，和女儿一起把它组装起来，挂上了饰物。小彩灯一亮起来，女儿便完全被五颜六色的灯光吸引住了，一动不动，盯着圣诞树看了很长时间。我也在稍远处和女儿一起看着。对女儿来说，那些华丽耀眼的灯光就像数不清的喜悦在召唤着自己，她发现了比什么都美的东西。那棵圣诞树是女儿满一周岁的时候，藤野从附近的超市买来的便宜货。记得当时他还说："现在这样的就可以了，终归是要被捣鼓坏的，这可不便宜哦。"

"可你买的也太便宜了吧。"那时，我打量着圣诞树，还跟藤野打趣来着。

"真的……我真是那么想的……"

藤野转过脸去不再看我。

"……真想早一天和你一起愉快地度过每个周日，我的想法仅此而已……我不明白，为什么就做不到呢？我真的弄不明白……你的眼里只有孩子，根本就没有我。我讨厌的也正是这一点。不想让你见孩子，其实是我害怕让你见孩子……什么都不用想，能笑着待在一起就好。至于跟你要点儿什么、该怎么要，我压根就没想过。你是什么样的人都无关紧要，你到底是谁，我不知道也无所谓。只要在一起的时候能愉快地相处，这就够了……我不是从来也没要求过你什么吗？我没什么可要的，什么也不需要……我没撒谎。可是……即便你看着我的时候，你心里想的也只有孩子……我最讨厌的就是你这点，你不明白吗？所以，至少跟孩子见面这件事，最好还是咱们双方商量好了以后，你们再见。我并不是说绝对不许你见孩子……"

我闭上嘴，垂下了头，放在膝盖上的双手像被电击了似的抖个不停。藤野好像开口说了什么，但是那声音并没有进到我的耳朵里。我的脑海里，反反复复只有一个念头："藤野要是能把以前的事全部忘掉就好了。就这么点事，对他来说再容易不过了……"在和藤野分居的这段日子里，我已经无法把以前的丈夫和现在的藤野联系在一起了。这是我的变化。

过了一会儿，藤野站起来走了。我在那儿又坐了一会儿。

我想起了一周前和女儿一起度过的平安夜。那天傍晚，我去幼儿园接了女儿，然后坐电车去了三站地外的百货公司。商场已经过了营业时间，于是我们乘电梯径直去了十二层的餐饮街。到底是平安夜，家家餐馆都挤满了人。而那种程度的拥挤正合我意，我渴求人群聚在一起的热闹，那会让我体会到生活在这座城市的，不只有我和三岁的女儿。

同一楼层放着几台游戏机。我投了几枚一百日元的硬币，和女儿玩了会儿游戏后进了一家中餐馆。因为没有空桌，我俩被拼桌坐在了两个五十岁左右的女人对面，那两人都戴着很夸张的耳环和戒指。一直活蹦乱跳的女儿看了看她们的脸，突然蔫了下来。

"来，今天咱们要吃好多好吃的，你想吃点儿什么呀？"

我兴致勃勃地问女儿，而她只是翻着白眼看了我一眼，无精打采地回了一句"什么都行"。我也没心情再哄她了，心不在焉地望着眼前的热闹景象，一杯接一杯地喝起了啤酒。

好吃的就摆在眼前，可女儿没吃两口就嚷着要回家。好不容易出来一趟，我还想多待一会儿呢，她这就开始催我了："快走吧，回家吧！"

"你再吃点儿嘛。好吃吧？"

"不好吃。我想回家。"

"回家也没吃的。现在不吃饱，一会儿会饿的。"

"我已经吃饱了。快走吧，我不喜欢这儿。"

"可是我喜欢呀。"

女儿生起气来，把自己眼前还盛着菜的盘子推到了地上。盘子发出清脆的响声，碎了。

"干什么呢？你这孩子！"

我这么一吼，女儿"哇"的一声号啕大哭起来，哭声响彻店内。

"我要回家！我要回家！"

我急忙抱起女儿离开了餐馆。来到电梯前，女儿已经露出了笑脸，从我怀里挣脱着要自己跑去玩。我气不打一处来，瞪着怀里着急脱身的女儿想："现在想回到那间屋子的，也只有女儿和我了。"

下了电车，刚走上大路，女儿就说她想拉粑粑。

"马上就到家了，你再忍一忍。拉在路上我可没法弄啊。"

我拉着女儿的手，催她快走。可女儿立刻哭了起来。

"拉出来了。"

说完就站在那儿不动了。没办法，我只好把她领到背阴处，给她脱下裤子，擦干净屁股，换上了随身带着的一条新裤子。当我叹了口气，刚直起腰来时，发现迎面从我们住处那个方向，有个男人的身影跟跟跄跄地晃了过来。我和女儿盯着看了一会儿，那身影便倒在了地上，传来说不上是哭还是呻吟的声音。

"那个人哭了……"

女儿握住我的手，低声说。

"他很痛苦……痛苦得不知道怎么办才好。"

我低声回答女儿。

"那妈妈救救他吧。"

"我吗？"

女儿盯着路上的黑影，点了点头。

我看了看女儿，咬紧了下唇，把拿在手里的脏内裤扔进路旁的垃圾桶，走近了那黑影。一股呕吐物的味道扑鼻而来，夹杂着还残留在鼻尖的女儿的排泄物气味，熏得我一阵眩晕。来到黑影前，我蹲了下去。

那个人发出痛苦的呻吟，我开始抚摩他的后背。他只是喝醉了。大而温暖的后背，沉重的肉体，耳朵红得像燃烧的火苗。女儿也伸出手来，我俩的四只手，就那么抚摩着。也不知他是在哪儿喝醉的，既没穿外衣，也没穿毛衣。摸着这个素不相识的人的后背，不知不觉中，我陷入了一种祈祷奇迹发生的心境。感觉自己好像抚摸了很长时间，又好像只是一小会儿。

我们母女俩正全神贯注地抚摩，那后背突然动了。男人站了起来，我和女儿目瞪口呆地看着他。他最终也没让我们看见他的脸，痛苦地缩着肩，继续踉踉跄跄地朝车站的方向走去。

"……他好了，他不难受了。"

女儿满足地喃喃自语。我搂住女儿，深深地吸了口气，异味仍留在鼻尖。

"……太好了。"

我牵着女儿的手往回走。刚才那么用力地抚摩，女儿和我的手都还热乎乎的。

注意到夜空中有几颗闪烁着光亮的星星，我不由得告诉女儿：

"看那星星……"

忽然，我想起来了。越冷，星星就看得越清楚。

新年过后，又一次坐在了调停室的椅子上。之前见过的两张脸又出现在我面前。我望着窗外的高楼，十分钟过去了，十五分钟过去了。那天的天气也很晴朗，调停室里热得难受。

地　表

　　我一直坐在电车上。那是个周日的下午，女儿没在我身边。

　　刚坐上车时，电车每停一站，我就像搭积木那样数着，第四站、第五站。可数着数着，自己就把积木推倒了。

　　"我原本就打算坐很长时间的。"但这自欺欺人的想法改变不了此时此刻的坏心情。总觉得和我坐在同一车厢里的某个人会发现我是在蹭车。只要我自己不在哪一站下车，行驶的电车就会把我带到更远的地方。想着这再清楚不过的事情，还是丝毫没有起身下车的打算。在其他乘客面前，我为这样的自己感到内疚。不是想去什么地方，只是想多坐一会儿，再坐一会儿，就像现在这样，装出一副很累的样子，蜷缩在这可以从脚下暖遍全身的座位上。

　　坐在我右边座位的是个上了年纪的女人。她正在打盹，打着打着，她的头便靠在了我的肩上。随后不只是头，整个身体的重量都压到了我身上。如果抬手将她的身体轻轻地推回去，她也许会醒过来。即使不醒，也会变换一下姿势吧。不过我没有推她，而是绷紧了身体去支撑她重重的身子。没想到，要保持自己的身体不倾斜，竟也不那么轻松。要是我也靠向那女人，把自己的头枕到她的头上，像一对母女那样依偎着睡去，那么彼此一定都会睡得很舒服。我把视线从女人身上移开，转到了我左边的男人正在认真看着的体育报版面上。

我想借着支撑女人那沉重身体的力量，把自己从坏心情中解救出来。女人那伴着体温的重量，同时也是我自己身体的重量，这感觉唤起了我一段甜美的回忆。

忘了是上初中还是高中时候的事了，也是在电车上，我曾经靠在别人的肩膀上睡着了。不是平时那种极不安定的睡法，晃着脑袋或是身体，而是一段深沉舒适的睡眠。当我的头被捅了一下，终于醒来时，才知道我把别人的肩膀当枕头睡了一觉。原来睡在别人的肩膀上能睡得如此香甜酣畅啊。那一瞬间，我为自己得以酣睡的原因竟如此简单而感到沮丧。我慌忙坐直了身体，结结巴巴地道了歉。一看对方，一张挂满了爽朗笑容的脸，他正好奇地看着我。在我语无伦次的道歉声中，那个年轻人笑着站起身下车了。望着远去的背影，我竟对那个感受过自己体重的青年萌生了类似恋情的羞怯与依恋。

虽然已经想不起那青年的相貌和自己当时的年龄，但此刻也重温了自己有过的那份苦闷。

在更幼小时的梦里，我也体验过类似的感情。

那时，对自己父亲的死，我还无法作为现实来理解。只知道那是我在人世间不可能再见到的人。当时，家里还原封不动地保留着他用过的房间。在那间屋子里，虽然眼睛看不到，但我能感觉到那个人的气息。我几乎是在父亲离开这个世界时，与父亲擦肩而过一般来到这个人世的。

在梦里，我有好几次偷偷地进了那间屋子。一个男人背对我坐着，有时是坐在似乎很久都没叠好的被褥上，有时是孤零零地坐在屋子的正中。我战战兢兢地走近那后背，紧紧地抱住，再轻轻地压上自己的体重。男人被我的体重压得上身往前倾斜过去，最终像一具木偶似的，毫无表情地翻倒在榻榻米上。有的时候，无论我怎么向男人的后背施加压力，男人都坚如磐石，纹丝不动。但是，偶尔也能从男人那里感受到活人的反应。当我靠上去时，能感受到一种温暖和柔软。那后背被小小的我压得往前倾斜的同时，背上的头会扭过来，像是要把脸转向我。

就在那个瞬间，我无法忍受继续把梦做下去了，便会从梦中醒来。极度的恐惧令我目中无光，四肢无力。那个男人有一个活着的躯体，这一点即使是在梦中，也是万万不可以发生的。对生者来说，是不允许与复活的死者见面的。能感受到复活了的死者的温度，这对生者而言，意味着被剥夺了最重要的东西。

我被恐惧裹挟着，感觉身体滴溜溜地旋转，坠入了空无一物的黑洞。不用说，对当时还是孩子的我来说，那是比什么都可怕的梦。可是，尽管被恐惧束缚，我却产生了一种伴随着罪恶感的快感。我体验到了一种理应感受不到的温暖和柔软，一种如闪电般令人眩晕的欢愉。恐怖与欢愉，我还无法区分。那是我四五岁的时候。

那个周日，杉山还是没露面。我已经完全习惯了杉山周日的到访。虽然他只连着来了三次，可要是他不来，我已经不知道我和女儿要怎样度过漫长的周日了。都想不起来以前的周日是怎么过的。既没事先约好，也没有与杉山确认过他来还是不来，所以没必要等他。早晨要是没有杉山的电话，那他就不会现身。正是期末考试的时候，打算按时毕业的杉山也许无法来我这儿消磨时间了。再怎么有空，他也得为自己要做的事留点儿时间吧。等他闲下来了，或许还会来陪女儿玩。我就像对待一个没有常性的弟弟，随时笑着迎接他的到来就好。

可是，一想到杉山的年龄，我便陷入不安。没准他会忘记在我这儿度过的周日，我们以后也不会再遇到了。还是学生的杉山在今后的生活中会有数不胜数的邂逅。他已经二十三岁了，却还蜷缩在父母的庇护下，连一起喝酒的同性朋友都没有。也正是这样的青年，才会来我这儿过周日。

就是这样的杉山，我们三人一起去超市购物，然后回来展示自创菜肴的手艺。我们在公园玩踩影子、捉迷藏的游戏，漫无目地出门散步，还去过一次动物园。但是，三个人最惬意的放松时刻，还属横七竖八地躺在屋子里的时候。女儿在杉山的身上爬上爬下，不是抱着他的脑袋唱催眠曲，就是把自己知道的故事讲给他听。她还让杉山给自己读书，让他唱他会唱的歌。杉山忍着睡意应付女儿，而我睡眼蒙眬地看着他俩。有时，我和杉山争着教女儿我们小时候玩过的游戏，什么弹子儿、扇纸牌啦，用脚猜拳、捉妖怪啦……仅此而已。有时，我也会把杉山搂进怀里，但那只是为了彼此睡得更舒适。

杉山总是中午时分过来，还没入夜就回去了。

上周日，我又等了杉山一整天。带女儿出门购物时，我在门上贴了张纸条。怕他久等，急急忙忙地回到家。但杉山没来，门上的条子还留在那儿。洗衣服的时候，去楼顶晾衣服的时候，在厕所给女儿擦屁股的时候，我也都竖着耳朵，生怕错过了敲门声。等得实在不耐烦了，便开始拿女儿撒气，无缘无故地冲她发火。傍晚，女儿一个人打开了房门，想从我身边逃走，我把她拽回屋里，她就哭着用头去撞墙。刚一抱住她的身体，她便因愤怒而痉挛起来，苍白的小脸憋成了绛紫色，牙齿咬得死死的。那一瞬间，我放下了对杉山的念想，让女儿横躺在榻榻米上，轻抚她的胸口。等她安静下来以后，我带她出了门。

新的一年以来，女儿时常因愤怒而发作。平时的她比以前笑得更无忧无虑了。夜里还是会哭闹，但食欲相比从前慢慢增加了。可她总是因为一些在我看来完全是意想不到的小事，那小小的身体就像被愤怒附体了一样。我去医生那儿开了药，也咨询了女儿班里的一位家长，她在某大学附属医院做护士。我和藤野一起生活的时候，我们两家曾互相走动过。好在女儿在幼儿园里还没有发作过。这件事让幼儿园的老师知道也就罢了，绝不能让藤野知道。我一直希望他能接受调停，但他还没有答应。第三次调停安排在一个月以后，我想赶在那之前，尽快减轻困扰着女儿的愤怒情绪。

在调停室即使不说别的，藤野也一定会问女儿是否安好。我也只能冷淡地回他"挺好的"。那时自己必须承受的恐惧，在那个时刻到来之前，我想能减轻多少算多少。万一藤野看到了女儿的现状，一定会比从前任何时候都要激烈地责备我，还会把可怜的女儿紧紧地抱在怀里，甚至更频繁地出现在我的住处。受责备也是没办法的事，要是藤野只是为了抱抱女儿才来我的住处，而且他那么做能把女儿从愤怒的深渊中解救出来，那我也不得不接受。可是，我总觉得那样做只会越发加重女儿的愤怒。已经生活在新的人际关系中的藤野，他能做的只是在不影响自己生活的前提下，要求我按他的需要行事，在他想见女儿的时候，把女儿作为他自己的所属抱抱而已。藤野既不可能抚养女儿，也不可能和我们母女俩重新生活在一起。我怎样也无法期待藤野能意识到他自己也是导致女儿愤怒的原因。"要是他能那么想该有多好。"我不禁为女儿感到遗憾。

我认识的那位护士说，她从藤野那儿得知，在我还没完全接受与藤野分开这件事时，我们就已经不在一起生活了。她说她听完非常吃惊，问藤野到底是怎么回事。藤野告诉她："是我一个人离开她们生活，碰到周日什么的就去她们那儿玩。"她说他回答时，那张脸仿佛年轻了许多。问到钱的事，藤野说："我连自己的生活费都不知如何是好，所以我们才分开的，我哪儿来的钱给她们呢？"那位护士实在理解不了他的话，当场怼他道：

"你这如意算盘打得也太过分了吧？有孩子的人，谁不想像你这么潇洒呀？要是我的家人也愿意接受那样的条件，还随时对我笑脸相迎的话，那我也会毫不犹豫地像你那么做。可那是不可能的呀！"

那位护士是在见到藤野后不久，把他俩的对话告诉我的。大约一年以后，在我不得不提到女儿的发作时，他们的那段对话帮到了我。

两三天后，那位护士咨询了专家医师和比她经验更丰富的同事，结合她自己的所见所闻，给我提了个建议，说暂且先把女儿送到她那里试试。她解释说：

"当然，我们也不会做什么特别的事情，就是让孩子们在一起玩。一起去澡堂洗澡，一起吃吃晚饭什么的。好在孩子们在幼儿园就玩得很好，又不是不认识。对我们大人来说，孩子们能在一起玩，我们也省心。反正这么做不会有什么不好的结果。"

我不解地问："可他们在幼儿园已经玩过了啊。"

但她说："在幼儿园玩和在家玩可不一样。"

她继续说道："我只是觉得你女儿也许过于紧张了。毕竟是孩子，如果给她一个不是在幼儿园，而是在家里也可以什么都不用想的时间，也许情绪就安定下来了。总之，给她一段离开自己母亲的时间，或许更好。倒不是说母亲做得好不好，只是让她尽情玩耍而已，她应该需要这样的时间。"

……

于是，女儿每隔四五天就去护士家住上一夜。我问起在她家的情形，护士告诉我，女儿不但不会感到寂寞，而且总是玩得开心到连觉都不想睡，还管她叫"妈妈"，毫不打怵地喊她丈夫"爸爸"。女儿不客气地提各种要求，和她家的孩子争着在她丈夫身上爬上爬下，夜里也只哭闹过一次。

渐渐地，那位护士的家对我来说，成了大街上一处闪着耀眼光辉的场所。

有一天我等杉山等得不耐烦，又引起了女儿脾气发作。当我反应过来时，我们母女俩已经走在去护士家的路上了。女儿自然知道我们要去哪里，她就像变了一个人似的，拉着我的手高声催促："快走，快走！"

虽然那次拜访很突然，但女儿还是留在那儿过夜了。我也盛情难却地在护士家吃了晚饭，一个人回到了住处。我连句客套话都说不出来，唯有绝境逢生之感。

在那之后的周日，杉山仍没露面。

我一直对自己说："不要再等他了。"周六的晚上，女儿又去护士家留宿了。我觉得，让女儿去留宿这事比什么都能证明自己已经完全不把杉山的事放在心上了。可是，一到周日的早晨，我还是会竖起耳朵等待登楼梯的脚步声和敲门声。一听到那声音，就心跳加速地冲向门口，用力打开房门。而门外站着的，不是来催缴订报费的人，就是社区互助会的宣传员。

中午时分，我往女儿那儿打了个电话，护士说女儿还不想走，让我两点左右再打一次，我便挂了电话。

磨磨蹭蹭地做完一周一次的清洁，又打了一次电话。电话里传来女儿的哭声和护士的劝解声。过了一会儿，护士重新拿起话筒说："她还是不愿意回去，怎么办呢？反正我们也没什么安排，你不用担心给我们添麻烦。"

我只好犹豫着回答："那对不起了，再麻烦你们一会儿吧。"

于是对方说："那五点左右再说吧。"

我把钱包塞进大衣口袋，出了门。不听话的女儿让我感到头疼。这可恨的女儿，别看她只有三岁，却总像是从我的头顶俯视着我一样。我为自己的这种想法感到毛骨悚然。我当然知道女儿为什么不愿意回到我身边来，可还是不理解一个孩子为什么会讨厌自己的母亲。我被自己这愚蠢的窝火弄得喘不过气来。

我想去距离住处一站地的大型超市，便走向车站。买了票，上了车，在空荡荡的车厢里坐下。到站了，我没下。又坐了一站，我还是没动。

把头靠在我身上熟睡的那个女人，在到达终点的前一站突然醒了，她头也不回，匆匆忙忙地下了车。车到终点站时，我站了起来，看了一眼站台上的钟，还不到三点。

终点站是邻县的一座小城，拥有一处很大的港口。上小学的时候，我曾来过这儿郊游。从站台上就能看见一些船的桅杆。

出了车站，我一边向路人询问在哪里能俯瞰港口船只的全貌，一边朝目的地走去。穿着凉鞋，空手走在路上的我，会不会被看成是这座小城的居民呢？这么一想，心情好了很多。

我来到坐落在高岗上的一个公园。左手边望去就是港口。我走到公园最靠近港口的栅栏处，开始观察起停泊在港口里的那些船。有六艘较大的外国轮船，还有两艘小型渡轮。有一艘正驶离港口的船，船身是粉红色的。也许是因为海面上有雾，那条粉色的船在白色雾霭中若隐若现，看不清楚。

我的视线追逐着那团模糊的粉色，粉色的影子越变越小，是那种淡淡的、朴素的粉。在泛着似白铁皮光芒的海面上，那过于浅淡的粉色反倒被凸显了出来。

那艘船终于在我的守望中变成一个小点，融入了海面的暗光之中。我打着冷战，将憋了很久的一口气用力呼出去，又把视线移向港口里的外国轮船。但这时，我对其他船已经没了兴趣，只有那粉色的小点在眼中如飞虫般时隐时现。

转过身来，环视了一下公园，发现不远处有个电话亭。就好像早就想打电话似的，我跑了进去。

我先往杉山家打了个电话，杉山的母亲接了，冷淡地把话筒转给了杉山。杉山似乎很在意他的母亲，口齿听上去不是很清晰。

我语速极快地说了起来。

"……我现在要是不说的话，恐怕以后就不会再说了……也许会打扰到你，可我还是要打这个电话。你听我说，你应该离开你的父母，你自己也是那么想的吧？从你上高中时起，我就认识你了，对你还是比较了解的……我也考虑过了。当然，随随便便地离开父母也不是一回事，尤其是你，比任何人都要慎重地考虑。是吧？因为你是个自卑感十足的人……不过，你现在应该可以了。要是还这么跟父母待下去，你可就真成傻瓜了……对你父母完全不用客气，并不是做父母的就一定会保护你。从小时候就开始细致周到地伤害你，为了弥补你受的伤而越发伤害你，这就是父母。父母也没什么特别的……为了自己，有些父母是要舍弃的。不能因为是自己的父母，就受他们的骗……所以，你还是先到我这儿来吧，来做我的房客。你知道那个朝东的小房间吧？我给你腾出来。你来我也放心，女儿也会高兴家里热闹起来的。我想你在很多方面都能帮到我们母女俩，所以房租象征性地交点儿就行。其实你不交房租也行，但我觉得，如果不收你房租，你反倒会觉得受拘束……怎么样，就这样决定吧？我们一定会生活得很愉快。我对我们的共同生活非常有信心。我真是这么想的，绝不是信口胡言。我们一定会相处得很融洽，可以试试……希望你能认真地考虑一下，从什么时候开始都行……你说点儿什么好吗？这么好的事，也许以后再也遇不到了……在听我说吗？你什么时候能来呢？"

杉山说了一句"对不起，这事跟我没关系"，就挂断了电话。

我抬起眼皮，看了看泛着暗光的海面，拨通了女儿那儿的电话。等女儿接了电话，我对她说：

"……现在还没到妈妈去接你的时间，我只是想告诉你……喂，听得见吗？船，对，船……我看见了一艘粉色的船。就在刚才……真的，是粉色的船，远远地能看到，下次带你一起看哦。你看到那艘船，一定也会高兴起来的……因为那是我们一定要去坐的船。"

女儿"嗯嗯"地附和着我。除了女儿的声音，我听不见其他任何人的声音。感觉在电话另一端的世界里，除了女儿以外，任何东西都不复存在了。眼里出现了这样一个画面，女儿一个人孤零零地浮在海面上，双手托着一支硕大无比的话筒，将它贴在自己的耳边。

对现实中女儿与自己的距离，我感到了一阵难以言状的平静。我继续跟女儿聊着，眼里噙满了泪水。

火　焰

那天傍晚，从车站去幼儿园接女儿的路上，我又遇到了葬礼。那是一家我曾去过的眼科诊所。老式平房的入口处摆满了花圈，吊唁的帷幔从敞开的门口一直挂到了诊所里面。葬礼好像已经结束了，门口不见人影。

那里有位态度不太和善的老大夫，好像没有其他助手和护士，平时出入诊所的病人也不多。诊所里散乱地堆着药箱，地板也是斜的。我想，也许就是那位老大夫的葬礼吧，但又不是很确定。想进去问问谁死了，可是我并没在诊所前停下脚步。

那段时间，总是与人的"死"不期而遇。已经记不清在路上碰到过几个葬礼了。不管怎么说也不会有很多，但那时的我，总觉得在我走的路前方，会有什么人的死在等着我。这让我不得不寻思，那些接连不断地出现在我面前的死，到底想告诉我什么呢。

正是由冬入春，天气变化无常的季节。有的时候终日暖风拂面，有的日子狂风大作，或积雪不化。这样的季节，生病的人很容易就撑不过去了。我住的地方是个老街区，有许多独居的老人。正因为如此，死的到访才会那么频繁吧。无论我在或不在，这条街上这一年里死去的人数都不会变，这点不言而喻。可每当在路上发现有人死了，我还是无法不把它同自己联系到一起，忍不住想："我又弄死了一个。"

先是与我住的大楼隔路相望的花店，死的是店主。店前支起了居委会的帐篷，摆了许多花圈，是个规模不小的葬礼。在那之后不到一个星期，花店重新开张了，在店里忙碌着的像是店主的女儿。我和女儿都注意到，那个中年女人的眼睛像是刚刚哭过一样，仍然红肿。

接着，紧挨着我们楼房的一家理发店的退休老人死了。那两天，我和女儿出入大楼时，不得不在那些花圈的支架下钻进钻出。

后来，又看到幼儿园附近的一家人在办葬礼。直到这时我才意识到，这未免也太频繁了吧。这个想法让我感到身体一阵发冷。

可是，死还在继续。我以前的上司小林，也在那段时间里死了。小林得了肝硬化，住了将近一年的医院。我是从接任小林的铃井那里知道小林死讯的。一天早晨，一到图书馆，铃井就告诉我了。他带着写有我名字的奠仪去参加了小林的葬礼。

傍晚，铃井回到图书馆，说那是个规模不大但很隆重的葬礼。铃井还说，小林的家庭关系比较复杂，有两位像是他妻子的人出席了葬礼，让铃井都不知该如何跟她们打招呼。

对小林的死，我倒没有什么悲伤情绪，只是感到惊恐。我开始觉得发生在我身边的这些死，似乎有着什么意图。

在那之后，更是接二连三地遇到葬礼。

因感冒而卧床不起，恰巧也是在那段日子里。那天早晨起来就不舒服，到了晚上，难受得连晚饭也做不了。一量体温，已经三十九度多了。我把脚伸进桌被里躺下，问女儿：

"妈妈病了，什么也做不了了……你怎么办？给小美家打电话，让她爸爸或妈妈来接你吧？像平时那样，你去她家住……"

女儿每周都会去幼儿园一个小伙伴的家里住一个晚上。刚开始时，是那孩子的父母为了给我女儿提供一个身心能够完全放松的环境而发出的邀请。渐渐地，无论是对我还是对我女儿来说，那里都成了不可或缺的场所。虽然我已经申请了第三次离婚调停，但丈夫藤野仍然没有任何反应，既不来电话，也没来信，一直没再出现在女儿面前。他从我的生活中完全消失了，可以说我们倒是过了一段平稳的日子。可是，我却觉得是在一种无法掌控的恐惧当中艰难度日。三岁的女儿常常因愤怒而引发痉挛，这也让作为母亲的我不堪重负。

可以离开母亲去小伙伴家留宿，女儿从一开始就欣喜不已。反倒是我变得不安，几次都梦到在街上把女儿丢了而泪流满面。但是很快，我也可以在女儿不在身边的夜里，舒展地享受深度睡眠了。后来，常常是我主动问女儿："明天要不要去小美家？"女儿自然是高兴地满口答应，开心地唱起她自己编的歌："明天去小美家咯，明天去小美家咯！"

要是再问女儿一句："我要不要也去露个面呢？"女儿就会开心地说："对，妈妈也来，我们一起吃饭吧。"于是，我也会想和女儿一起边跳边唱："明天去小美家咯，明天去小美家咯！"

当我发现自己已经烧到了三十九度多，明白至少明天一天哪儿也去不了的时候，立刻又想到了求助于那个家庭。这事不能跟住在附近的母亲说，藤野的事我也什么都没跟母亲讲。我只想让母亲觉得我们一切都好，我和女儿都很健康。对母亲也好，对藤野也好，我的态度是一样的。

"不用了，我要和妈妈在一起，不去小美家。妈妈不是病了吗？"

可是那天，女儿听到我提"小美家"，丝毫没有表现出高兴的样子。我很惊讶，追问了她一句。

"是去小美家哦。明天妈妈还不知道能不能送你去幼儿园呢……去不了的话，你就上不成幼儿园了。"

"没关系。妈妈，你病了？"

女儿盯着我，又问了一句。她好像完全被生病这件事影响了心情。我点了点头，拿起女儿的小手，放到我额头上。

"好烫啊，真的病了呀。"

女儿的眼睛亮了。接着她摸了摸我的脸，又摸我的嘴唇和手，激动得脸色都变了。

我起身，把面包、牛奶和香肠递给女儿，然后钻进一直没叠的被褥里，昏昏睡去。

半夜醒来一看，我额头上放着湿漉漉的抹布，女儿穿着衣服蜷缩在被子上睡着了。屋里的灯和电视都开着。

第二天，我和女儿在家里待了一整天。我睡得晕晕乎乎的，女儿用毛巾给我擦脸，给我量体温，还用杯子接水，往我嘴里倒给我喝，弄得榻榻米都湿了。看过电视后，女儿把头枕在我的胳膊上，睡了个长长的午觉。我们两人喝了粥。那天晚上，女儿也发起了近四十度的高烧。这回轮到我不得不给女儿的额头上敷湿毛巾，给她擦脖子和胸脯上的汗了。

再过一天的早上，我的体温降到了三十七度，于是我背着女儿去看了医生。医生给我俩开了药。虽然想着该买牛奶和鸡蛋了，但我们还是直接回到住处，吃了药，两人又都睡了过去。

又过了一天，女儿也终于开始退烧了。可是，她在感冒快要好的时候总会拉肚子的毛病又犯了，这次也拉起肚子来。我又给女儿用上了早已不用的尿布，可还是弄脏了被子和女儿的下半身。房间里弥漫着体热和异味，却莫名地让人感到温暖。很久没给女儿洗尿布了。洗着洗着，我陷入了一种迷迷糊糊的状态，仿佛发烧的热度尚未退去一般。突然发现，那天是星期六，我可以不必请示任何人，再好好休息一天。冰箱从昨天开始就空了。傍晚，趁女儿睡着了，我出门买了东西。除了牛奶、鸡蛋、蔬菜以外，还买了香蕉。我想起女儿还是婴儿的时候，我用勺子边缘刮出香蕉泥，一点一点地喂她。可现在，我已经想不起来那时女儿有多大了。

我和女儿有三天都没擦洗身体了。那天晚上，我用厨房里烧的热水，让自己和女儿都爽快了一把。先给女儿擦了脸、脖子和手，又给她擦了前胸和后背。女儿怕痒想逃脱，我就用左手按住她，仔细地给她擦了下半身。然后换了盆热水，当着女儿的面，我脱光上身，开始用热毛巾擦脖子和手臂。当我擦到胸脯时，女儿小心翼翼地伸手来摸我的乳头。我停下手，盯着女儿的动作。她揪了一下我的乳头，张嘴笑了起来，很快就把手缩了回去。冷不丁地被揪了一下，我不由得缩起身子，双臂抱在胸前遮住了乳房。

"让我再摸一下好吗？"

女儿在被子上笑成了一团，忽然抬起头来问我。我犹豫了一下，点了点头。她又一次捏住我的乳头，用力往下按。

"好疼！像你那样按，会按坏的。"

我连忙躲开女儿的手，那不是疼，是一阵发冷。被刚出生的女儿咬住乳头时，也曾因同样的寒战而浑身发抖，那是伴随着极度快感的一种寒战。

"疼吗？"

女儿有点害怕地盯着我的乳头问。

"当然疼了。要是弄坏了，可就长不出来了。"

我急忙穿上睡衣，害怕那不经意间的寒战被女儿察觉，心里一阵慌乱。

"没关系，还会长出来的。"

"不会的。奶水也没了。"

"没有奶水了？"

"是的。你可没少喝……"

"我还想喝。"

女儿又开始两眼放光。

"那可不行，奶水已经没有了。"

我站起来，笑着逃往厨房。可是熄灯躺下后，女儿又把手伸到我胸前来，笑着对我说：

"我是个小婴儿……"

"呦，这孩子是小婴儿呀，难怪还用尿布呢。"

"哇——哇——"

"哎呀，这小婴儿的哭声好怪呀，像小猫咪。"

我忍不住笑出声来。女儿忍住笑，故作痛苦地继续学婴儿哭闹。

"哇——哇——哇哦、哇哦——妈姆、妈姆。"

"呦，已经会说话了，这个小婴儿。"

"哇——哇——奶——奶——"

"……好了好了，吃奶、吃奶。"

我装模作样地抱住女儿的身体，撩起睡衣，露出胸脯，用乳头去碰女儿的脸。女儿含了一下乳头，难为情地笑了，又缩了回去。但她的脸蛋仍靠在我胸前，她抓起我睡衣的下摆塞进嘴里。女儿从婴儿时期开始，就有嘴里必须含着布才能睡踏实的习惯。

那天的拂晓时分，我做了个梦。

那是一次出行，好像既不是郊游，也不是参观工厂，有二十多人参加。都是小学同学的面孔，但个头已经是大人了。

我们所有人都被迫在一个破败建筑物的楼梯平台上等待着什么。有人在喝果汁，有人去了洗手间。我想"这正是时候"，便开始换起衣服来。

忽然，发现周围全是愕然的目光，我成了众目睽睽的对象。看回自己，发现右侧的乳房可以从内衣缝隙里看到，吓得我急忙遮挡，却怎么也挡不住。

"你干什么呢？真不像话！"有人在焦躁地斥责。还有这样的声音："赶紧换啊，磨磨蹭蹭的才会这样。真是的，还有比这更让人难为情的吗？怎么会想起在这种地方换衣服？真是匪夷所思，没救了。"

我一边手忙脚乱地拉扯衣服，一边想："是啊，我为什么没找个隐蔽处换衣服呢？只想着在谁也没有注意到我的时候，立马就能换好衣服。可事到如今，该怎么办呢？"我不禁难过起来，内衣和衬衫搅到了一起，分不清哪儿是袖子、哪儿是领口。索性把衣服全脱了，不然看来是换不成了。我越是拉扯内衣和外衣，右侧的乳房就露得越多。

这何止会惹怒众人，没准时间一到，大家撇下我就走了。这么一想，我急得哭了起来。

"这傻孩子，还来得及，赶紧去洗手间。快，我跟你去。"

有个男人说着，推了一下我的后背。我颤抖着双腿，登上楼梯。

洗手间里没人。跟在我后面的男人看见洗手池那儿有把椅子，就背对着我坐在了那把椅子上。

"快，抓紧时间换。这儿没人，不用担心。"

那人的名字我忘记了，但长相记得很清楚，是我的小学同学。那是一个长成了大人个头的孩子的背影。

"好的，那我换了。"周围的安静让我放下心来，我开始脱衣服。脱光了上半身，我想还是说一声比较好，便对那男人开口道：

"别看这边哦。"

男人笑出声来。

"谁稀罕看呀。"

那倒也是。

我放心地光着上身，把缠在一起的内衣和外衣分开。我的胳膊碰到了男人的肩膀，肌肤触感柔软。定睛一看，那男人也没穿衣服，虽说有大人的身高，却还是一个胖孩子那样的光滑后背。我每动一下，我的手、后背甚至是乳头，就会碰到他的肌肤。怎么可能？怎么回事？我困惑不已，呼吸变得急促起来，眼前一片昏暗，可我和那男人的肌肤却开始熠熠生辉。恐惧令我欲喊无声，视线却早已被那肌肤的光泽深深地吸引……

早晨起床时，感觉乳头在隐隐作痛。看了一眼睡在身边的女儿，不禁深吸了一口气，我又想起了自己身边那接二连三的"死"。

回图书馆上班后，藤野约我在图书馆附近的咖啡馆见了面。距离他上次叫我出去已经过去了三个月。藤野留起了长发。

他问我："还好吗？"我回答："好着呢。"

"你想离婚是吧？"他接着说，"以后你也打算继续让家庭法院给咱们调停？"

我点了点头。

"趁早算了吧……既然你那么想离婚，我答应离。很遗憾，没能心平气和地和你商量这件事……咱们分居也有一年了……我也受够了……太耗精力了。"

我有些吃惊，凝视着藤野的脸。其实我已经快放弃了，觉得这辈子也许都要挂着藤野妻子的名头继续生活下去了。但我提醒自己"现在还不能相信他"，藤野是个善变的男人。

不过那天，藤野接着说道：

"……可以说，有生以来我还是第一次为这事烦恼。没办法，是我先离开你们的……你好好带孩子吧。孩子的事，咱们再找时间商量。没关系，孩子的抚养权给你，反正我什么也做不了……"

藤野苦笑了一下，从上衣的内衬兜里掏出一张纸递给我。那是去年秋天我寄给他的离婚申请书。该我签字的地方早就签好了，藤野也签了字、盖了章。只有证人那一栏还空着。

"你去交了吧。拜托了。"

"……你真的想好了？"

我也只能问出这样的傻话。因为太过突然，盯着那张离婚申请书，有种虚脱的感觉。

"想好了。这不正是你希望的吗？我只是满足了你的愿望而已。"

"……对不起了。"

鬼使神差中，我低头道起歉来。明知也许是不该问的蠢话，可我还是想反复跟他确认："你真的想好了？"的确，我一直想离婚，可是与这个念头相反，我更想抱住藤野大叫："也许我们不该这么做。难道我们期待的不是与这不同的结果吗？"可我能做的，只是迷迷糊糊地低着头，坐在藤野面前。

起身前，藤野对我说，我借给他的钱他暂时还不上。还说孩子的抚养费，他能给肯定会给，但一时半会儿也给不了。他跟我解释，人各有期待，他还是不能放弃拍电影、创办小剧场的梦想。说完，便站了起来。

"不好意思，在你上班的时候把你叫出来……"

我又一次低下了头，小声说：

"……对不起了。"

付了我们两人的咖啡钱，藤野从我眼前消失了。

这是真的吗？我瘫在咖啡馆的椅子上站不起来了。该离我而去的东西，在它终于离去时，却把我击垮了。不管这一年我们是如何相处的，对我来说，他仍是比任何人都亲近的男人，是最希望让他了解我真实想法的唯一的男人。我既不恨他，也不怨他，至少这一点，我想让他明白。也许藤野的想法跟我一样。我不禁会想，我们之间也许存在着一种必要的羁绊，那就是彼此都深信被对方所憎恶着。我也好，藤野也好，我们都还不想死。

我的虚脱感越来越重了。

不知不觉中，和煦的日子接连不断。

一天深夜，强大的爆炸声把人从睡梦中惊醒，整幢楼都剧烈地摇晃起来。女儿也被吓醒，哭了起来。"发生了什么？"我俩心惊肉跳地登上楼顶，环顾街道，没发现有什么异常，但能看到其他楼房的窗户里也有人在探头张望。可见并不只有我一个人听到了爆炸声。

那到底是什么声音呢？我把吓得哭个不停的女儿搂在怀里，继续四下张望着。

突然，一道强光袭来，仿佛穿透了整个楼房，也穿透了我和女儿的身体。我不禁闭上眼睛，蹲下身去，随即又马上睁眼，环顾四周。夜空里又响起了爆炸声，声音之大远远超过刚才在睡梦中听到的。爆炸声响起的同时，整个夜空都被映红了。虽然还不知道到底发生了什么，但我已经完全被那逐渐散开的耀眼红光之美震慑住了。

爆炸声再次响起，夜空又泛起了新的红光。我已经忘了害怕，整个夜空如夕阳般映得通红，还有火星在其中闪烁。右手天空中那炫目的光辉，像是有生命体在翻腾着。在那四周，第二次爆炸的余辉仍然显现着鲜艳的红色。街面也被空中的火光染成了红色。

第四次、第五次的爆炸声小了一些，随后便恢复了平静。但是，空中的色彩变得越发复杂，看上去更美了。

"别哭了，快看！这么漂亮的夜空，还是第一次看到呢。多好看呀！"

我让女儿面朝天空。

"啊，妈妈……"

女儿紧紧地搂住我，张着嘴，看得入了迷。脸上的泪还没干，泪痕处也反射着红光。

爆炸声消失后，渐渐地，夜空中的色彩也由近及远地逐渐消失了。我们等了许久，在那之后没再传来爆炸声，夜色完全暗了下来。

我和女儿在楼顶一直站到夜空恢复了原样，两个人都在浑身发抖。

从第二天的早报得知，离我们住的地方很远的一家小药厂发生了火灾爆炸，死了几个人。

我这才认识到，为我身边接二连三的"死"画上句号的，是昨晚夜空中的光芒啊。在那片光中，有人死去了。那是一瞬间的死亡吗？

我觉得自己终于明白了，连续有人死去，这些都在向我宣告着什么。是热与力的光。我的体内也储存着热与力。不禁想起了昨晚对死毫无预感、入迷地望着耀眼红色夜空的自己。

光　素

那段时间，我从对面的人行道看向自己住的那幢楼时，视线总会先落在四楼自己那间屋子的窗户上，然后才会转向楼下的窗户。那扇窗户被一大张写着"出租"字样的贴纸挡得严严实实的。这样我才感觉到终于看到了自己想看到的。

我住的那幢窄高楼房，外观最引人注目的就是招租的那张纸。除此之外，没有任何显眼的特别之处。仔细观察，不得不为楼房那出奇的瘦高程度感到惊讶。不透明的方形窗户和外墙颜色，都与相邻那家又小又破的店铺一样不起眼。如果不驻足仰面去看的话，谁也不会注意到那是一幢四层楼房。从稍远处眺望这幢楼，"出租"那张纸看上去是贴在三楼高度上的，这才会发现那里有比一般的两层楼都要高出一块的地方。尽管如此，路上的行人也不会留意到那张纸。它早已被每天的夕阳晒得泛了黄，看上去好像跟房间实际的状况毫无关系，就那么一直贴在那儿，永远也不会被揭掉。

我想，三楼之所以一直没人住，肯定跟那张纸有关系。为什么只有那间屋子让人敬而远之呢？我想不出其他原因，也没听人说过那里死过人。和同楼房的其他房间相比，它也没有什么特别不好的地方。在住进这幢楼将近一年的时候，我甚至开始觉得那房间比我住的屋子待着还舒服呢。

一到夜里，除了四楼的我和女儿，这楼里就没人了。确认完楼下没人以后，我下到一楼，放下楼梯口的卷帘门。那时常会出现幻觉，觉得那些分隔房间的墙壁和地板忽然都变透明了，整幢楼成了一个空旷的、回声清晰的空间。我想在楼里尽情地奔跑。然而，现实中的我被允许走动的地方和白天一样，只有楼梯和我租住的四楼房间。

最初发现三楼的房间没上锁的时候，我像是惹出了现实中不可能发生的事情那样，陷入孩提时的恐惧和困惑中。在放下卷帘门后的这幢楼里，那扇房门的确让我切实感受到了"魔法"这个词。打开房门，外面大路上的水银灯、红绿灯和霓虹灯的亮光，被窗外的贴纸滤了一遍，使空荡荡的四方形房间里的昏暗添上了模糊的色彩。

从那以后，我去过好几次三楼的房间，但在那儿待的时间都不长。女儿睡在楼上的房间，路上的行人也看不见我，但我待在那个房间时，总是屏息静气，不发出任何声响。当然，倒不是因为对楼主感到于心不安。那不过是一个狭窄破旧的空屋子而已，我对它却充满了留恋。一走进那间屋子，我就兴奋得有些喘不上气，甚至不知该怎么行动了。在空空的房间里慌张地踱来踱去，往窗外偷偷张望，一直待到双臂都起了鸡皮疙瘩，头也开始隐隐作痛，感到再这样下去就无地自容了，便会急忙逃回四楼。回到自己的房间坐好后，又会想起三楼空房里那充盈的柔光，越发留恋起那间屋子来。

从二楼到四楼，窗户的形状是一样的。我租的房间和三楼的空屋，从外面看没有任何区别，这让我感到满足。刚开始我还总会想"那房间还没人住啊"，等过了一年左右，已经习惯见到"出租"两个字了。对我来说，那间屋子必须是空屋，还开始自行认定"它不会有人住了吧"。如果哪天那张纸被什么人看到，去了房屋中介，那么它随时都可以被人借住进去。这种想法在脑子里一闪现，我就如梦方醒，感到强烈的不安。不管我怎么想，我的"空屋"都会有人住的。楼主一定在为这间屋子总租不出去而感到焦虑。

我常想，要是早晚会有人将这间屋子作为自己的房间住进去的话，索性我把它租下来算了。不就是往下移个楼层嘛，搬家也简单。虽说这是间适合办公的屋子，但我和女儿去住也没关系吧。虽然它只有我们现在房间的一半面积，但那么狭窄的地方，反倒更遂我意。

　　淡光飞舞、空荡荡的房间。可以的话，真想睡在那屋子的正中间，和女儿度过今后还将继续下去的漫长岁月。我还想把窗帘和餐桌都扔掉。哪怕是一块坐垫，只要是能让人放松的东西，如果把它放在身边，那么对我和女儿来说，也难免成为痛苦的根源。女儿只要想去就可以去朋友家留宿，我也想结交一些陌生人，去街上闲逛。在大多数的夜晚，我和女儿就此开始了这样的生活。即便如此，我俩谁都没有忘记对方，而是比以往任何时候都强烈地希望对方成为自己喜悦的源泉。

　　我实在是觉得，空荡荡的屋子作为我们睡觉的地方再合适不过了。

　　我和女儿的生活过了一年零一个月后的那个春天，我收到了前夫藤野寄来的文件，把它交到了区政府。我改回了父母的姓，其实姓什么我都无所谓。重新上了户口，自己做户主。

　　之前我藤野这个姓和租住的第三藤野楼的名字重合了，这纯属偶然，但也许有一种不能完全说是偶然的必然性。当初我被带去看四楼的房间时，就已经知道了那幢楼的名字。我一眼就看中了那屋子，窗户多、亮堂，想着"就这儿了"。那时我就想到了楼名与自己丈夫之间的关联，也许是自己愿意身处其中的。那段时期，每天都处在担心失去丈夫的恐惧当中，害怕自己的生活发生突变。

住在顶层的我，因为姓氏与楼名一样，始终被误以为是大楼主人。楼道和楼下事务所的水电费缴费通知经常被送到我这儿，还误收过几次楼主的邮件。以前，楼下一间事务所曾有一家私人金融公司租借过，去那儿借钱的人或者曾经在那儿借过钱的人，常常一脸困惑地跑到四楼来敲我的门。我告诉他们，我不是楼主，也不是楼主的亲戚，与楼主毫无关系，只是个租户。可不管我怎么解释，有的人就是不信。

这种事多了，渐渐地，我好像对自己住的这幢楼也有了些归属感。改回自己原来的姓时，首先想到的是，我得搬出这幢有个房间总是空着的"第三藤野楼"了。改了姓，才意识到自己对这幢楼有多依恋，无论是三楼的空房间，还是那一节一节楼梯，甚至在卷帘门的声音当中，都能感觉到我自己的体温。

一有时间，我就留意房屋中介的租房信息。我想在三楼的空房间有人住进去之前找到新的住处，想把生活在这幢楼里的自己像一个活物那样，原封不动地留在这里。

那个春天，女儿一直在寻花。蒲公英、诸葛菜、一年蓬、酢浆草、婆婆纳、稻槎菜、白车轴草、荠菜，光是从幼儿园回住处的路上，沿途就能采到这些花，多到两只手都拿不下。女

儿的衣兜里、书包里，也塞满了黄色、白色和蓝色的花。她还
从幼儿园要来了塑料袋，在里面放满了采到的花，连袋子一起
当礼物送我。因为是在路边和人家庭院的草丛里顺手拔来的，
有的花草的根上还带着泥土和小石子。袋子里甚至会有易拉罐
的拉环和糖纸什么的。我从里面选出还没打蔫的花草，为女儿
插在杯子里。

房间里的花越来越多。在女儿看来，花怎么采也采不尽，
只会越采越多，是一种不可思议的美丽生物。女儿疯也似的在
这些生物中间奔跑。和女儿一起走在路上，我也不得不为那么
多花而感到惊讶。樱花开了，杜鹃花开了，珍珠绣线菊开了。
女儿把散落在脚边的花瓣收集在一起。有些花瓣也飘落在了女
儿的头发和身上。

一个周六的午后，我去幼儿园接了女儿，带她坐上公交
车，去了位于市中心老护城河内侧因樱花而闻名的公园。那天
风很大，早晨天空昏暗得像要下雨的样子。中午时分，阳光普
照，等我们到公园的时候，已经是晴空万里了。

公园里有幢建筑物前好像正在举办什么大型活动，一派出
乎意料的热闹景象。樱花已经过了盛开期。一下公交车，护城
河堤的斜坡就映入了眼帘，颜色鲜艳的诸葛菜和油菜花相互
辉映。

"开了那么多花,好美呀!"

我在路边把女儿抱起来,她不耐烦地扭动着身体,催促我:

"快走吧,去那些花那里。"

"要是能去当然好了……"

"去吧,好吗?"

"可是你看,那儿没人呀。那儿不是人能去的地方。即使能去,人也会从花丛里'扑通'一声掉到河里哦。河里有很多像蛇一样的草,要是被草缠住,就会透不过气地死去。死了也浮不上来。就那样被黏糊糊的草缠住,只剩下骨头。那条河里沉着好多骨头。"

"哪有什么骨头呀,我看不见。"

"当然看不见了。你看水那么绿,深着呢。"

"……也有怪兽吗?"

"也许有吧。说不定它正在水底看着那些花呢。"

"我看不见嘛。"

"是啊……不过,那黄色、粉色、蓝色的,多灿烂啊,一直在上面闪闪发光呢……我们过去看看吧。"

我把女儿放下,牵起她的手。

"我不去!"

女儿哭了起来。

"怎么了？走啊。"

"不嘛，我害怕！"

女儿身子僵着，一步也不想挪。我打消了丢下她一个人走开的念头，在她身边蹲了下来。

"从这儿也能看到樱花，别再哭了……"

女儿紧紧地抱住我的膝盖，把脸埋进我怀里。我用双手轻抚着她柔软的后背。百米开外就是公园的入口。在这条隔着河水就能远眺河边花草的路上，挤满了进出公园的人，没人在路上驻足。

上中学的时候，从学校回家的路上，我经常到这里来。

那时，护城河内还没建公园，只有几栋不知是什么单位的机关宿舍。简陋的周围开垦出一些田地，还留着一口水井。有时能看见屋前晾晒的衣服，说明肯定有人住，但我从来没看到过人影。不管我什么时候来这儿，都感觉没人在。

现在回想起来，也许当时看到的是建公园之前，住在宿舍里的人们匆忙搬迁后暂时的光景。只是偶然被我发现了。在那之后不久，那里就"禁止入内"了。开始施工后，我不再对那里感兴趣，后来对那里的记忆也消失了。

像是在做梦，又像是在看电影，蹲在那儿看着脚下绿色的河水，眼前闪过了十几年前的光景。那是被花草和果树环绕，明媚的阳光似乎都凝固住的光景。明亮、静谧却有着危险气息。一旦从车水马龙的喧嚣大道穿过那道作为古迹保留下来的古门，那样的光景就会在眼前铺开。我想我绝不能告诉任何人自己找到了那个地方。那个想让自己融化于其中，希望自己也能变成光之粒子的地方，绝对不能让任何人知道。在这个世界上，不可能有只固定在某处的光。我凝视着那片连光都静止了的光景，却从没有想要涉足其中，一次也没有。

那里变成公园后又过了几年。一天夜里，我和一个青年从那里走过。那是樱花凋零的季节，我穿了一件短袖毛衣。即使是短袖毛衣，白天的气温也高到让人冒汗。可到了夜里，我和那青年走在一起时，却冻得上牙直打下牙。

"你太性急了吧，才四月哦。"

记得当时一身西装的青年这么笑我。

途经公园的时候，青年走在我前面，我们之间大概有五米的距离。我们就那样走了很长时间。青年时不时地回过头来，确认我还跟在后面，便又转过身去快步走起来。

走到公园门口时，有位像是迷了路的老妇人向他问路。他停下脚步，我也在五米开外停下来看着他俩。青年用手指了路，但好像还不放心，便让老妇人和他同行了一段路。到了一个很大的十字路口，再次给她指路。老妇人再三道谢后走远了。青年挠了挠头，回过身来，张嘴冲我笑了。我被那笑容吸引过去，走近青年。青年站在我身边，红着脸嘟囔了一句："能找到吧，那个人。"

我也冲他笑着，再次开口说起已经央求过好几遍的事。

"这个公园里现在也有很多人。你要是不留我过夜的话，咱们就在公园也行啊。又不光是我俩，你不用介意的。"

青年的脸瞬间又恢复了原来的表情。

"……我送你回去，你就老老实实地回去吧。"

"我不要，不想就这么回去……为什么不行呀？不是很快就完事儿了吗？"

"亏你说得出口。对象是不是我，对你来说都一样吧？你一个人去吧，大声地喊男人，会喊来很多的。"

"……我就想跟你。"

"……我已经受够了。和你在一起，感觉自己快成畜牲了。太可怕了，我只是一个普通人而已。"

"我也是普通人啊……"

青年带着一副厌恶的表情哼了一下，转过身去走了起来。拉开一段距离后，我又开始追赶青年。

我和那个青年刚认识就立马和他分享了性的快感。在那之后，连说话的时间都觉得可惜，一见面就迫不及待地用身体交流。我不明白，青年为什么那么憎恶自己的性欲。如果说有可以分享的东西，难道不就是身体的感触吗？这种想法，让我无法离开他。此外还有什么可求的呢？我们都只是普通人而已。

那个青年的脸，我已经想不起来了。两年后，我开始在图书馆工作，在那里遇到了成了女儿父亲的藤野。

把脸埋在我膝盖的女儿突然站起身，冲着满目的花草喊了起来。

"你好啊！花花！你好啊！"

女儿话音一落，我问她：

"花花回答你了吗？"

女儿自信地点点头，然后欢笑着撇下我跑了起来，朝着与公园相反的方向。

在那之后过了一个星期，我找到了新的住处。又过两周后的周日早晨，我搬出了那幢楼，搬进了新住处。三楼的那个房间仍然没人住。

搬家的前一天晚上，我把女儿哄睡后，开始着急地打包装箱。虽然东西不多，可还是干到了天亮。女儿一觉醒来，发现自己之前还在睡觉的房间已经完全变了样，她兴奋不已，在纸箱间跑来跳去。

新住处离得不远，走着就能到。第一次去看房那天，即将从那儿搬走的三口之家正看着屋里打包装好的行李，等待搬家公司的车到来。

那间公寓面临一条狭窄曲折的小巷，周围的建筑也都是相似的公寓外形。

"是那间屋子。"带我看房的男中介把二楼的一个房间指给我看。一个四岁左右的男孩抱着一个行李包袱，坐在兼作晾衣台的过道上面无表情地看着我。我登上铁制楼梯，来到房屋中介刚才指的房间门口。那个男孩从我身边挤过去，迅速跑进屋里，躲在他母亲身后瞪着我。

我跟头上包着方巾的母亲解释说，我是中介介绍来看房的。

"哎呀，这就来了，真够快的。"

孩子母亲说着，跟屋里的父亲大声说来了我这个不速之客，然后毫不客气地催促我进屋。我脱了鞋，进到厨房里，但由于屋里摆满了搬家的行李，没法再往里走了。不过，即使站在厨房，也能看清楚房间的大致结构。挨着厨房的是一个五平方米左右的小房间。朝北的房间十平方米不到，窗户用绿色的塑料板挡着，似乎大白天也得开着灯。房门和厨房都是朝南的，但是隔壁公寓的外墙挡住了阳光。好像只有面朝小巷的那扇窗户能让阳光照进房间。

虽然脱了鞋，但我没法四处走动，只能站在原处前后左右地看看。孩子母亲因为要搬家，着急忙慌的，她喋喋不休地跟我聊了起来，说他们在这儿已经住了四年半。因为光照不好，这房子住得不是很舒服。他们跟住在楼下那个四五十岁的独身女人一直关系不好，说是因为那女人脑子有病，即使是平常走动，那个女人也会使劲捅天花板，他们也不服输，会用力敲地板。还说要是懦弱的人早就受不了她了。说到这房子的优点，就是租金便宜，带孩子住也没关系，光这点儿好处。

"……我是大着肚子的时候着急搬来的。你看，现在孩子都长这么大了。就是因为没输给过楼下那个老女人，我们才住到了现在。那家伙，就像这公寓是她的似的。如果你打算来住的话，从一开始就不能在她面前服软。看你这样子，还真有点儿让人担心啊。"

"你差不多就行了啊，还没收拾利索呢。"

正在北屋忙着的丈夫这么一说，孩子母亲苦笑着住了嘴。我连忙道谢，走出了屋子。下楼梯的时候，留意了一下楼下那间屋子的窗户。窗口被橙色格子窗帘遮住了一半，因为窗边放着碗柜和书柜，一点儿都看不见房间里面的样子。

不用急，过不了多久，不想见也会见到的。我这么想着，回到了房屋中介。

交了定金，返回四楼的房间，正是洒满夕阳的时候。房间被那红色的光芒照得明亮无比。就像一个已经好几年没再见过这幅光景、几乎淡忘了的人那样，望着屋内，我在门口伫立了好一会儿。

这光景如此寂静，没有丝毫的动感。

夕阳落尽，房间陷入了昏暗。为了去接在附近人家玩儿的女儿，我再次离开四楼的房间，来到了外面的路上。